Jayse Ferreira

Etnias do Mundo

Um projeto para valorizar a diversidade
étnico-racial na escola

1ª Edição
Fortaleza, 2020

CeNE
EDITORA

 Texto Jayse Ferreira

Edição Edmilson Alves Júnior, Igor Alves, Irenice Martins

Redação Auxiliar Carla Freitas

Coordenação Geral Jordana Carneiro

Revisão Carla Freitas, Alan Holanda, Rebecca Cunha, Kamile Girão

Capa, Projeto Gráfico e Diagramação Diego Barros

Fotografia de Capa Alejandro Szanto de Toledo (verso)
Laette Neto (frente)

Edição Conforme o Novo Acordo Ortográfico da Língua Portuguesa
Dados Internacionais de Catalogação na Publicação (CIP)

SF383e Ferreira, Jayse.
Etnias do mundo: um projeto para valorizar a diversidade étnico-racial na escola / Jayse Ferreira - Fortaleza: CeNE, 2020.
144p.; il. Color. 15x22cm.
ISBN: 978-65-9903-552-4
1. Educação – Educação Étnico-Racial. 2. Artes. 3. Diversidade Racial. 4. Criatividade. 5. Literatura.
I. Título. CDD 371.3

Ficha catalográfica elaborada pela Bibliotecária Rafaela Pereira de Carvalho CRB - 1506

CeNE EDITORA
Av. Santos Dumont, 1343 - Loja 4 - Centro
Fortaleza - CE - CEP 60.150.161
www.editoracene.com.br / (85) 2181.6610

A cada educador desse país que, assim como eu, ama sua profissão e não desiste de lutar por uma educação de qualidade para todos e todas.

"... todos nós, homens e mulheres, somos feitos de diversidade." Kabengele Munanga

Tenho ouvido muitos colegas de profissão dizerem que na escola pública nada funciona direito, ou ainda que os alunos não estão nem aí para os conteúdos, o que acaba deixando o trabalho docente ainda mais desestimulante.

E se eu disser que mesmo em condições bem adversas, em uma região canavieira de uma cidadezinha do interior, eu consegui, com pouquíssimos recursos, transformar a vida de meus alunos e de minha escola ao ponto de vencer um prêmio nacional e ser escolhido como o melhor projeto educacional do Brasil? Quer saber como? Talvez eu não tenha a receita pronta do sucesso, mas aqui neste livro você encontrará todos os ingredientes para chegar lá. Vamos nessa?

Jayse Ferreira

Sumário

Apresentação

> **“A diversidade garante que crianças/adolescentes possam sonhar, sem colocar fronteiras ou barreiras para o futuro e os sonhos delas.”** Malala Yousafzai

“Professor, de que cor eu sou? Branco, preto, amarelo?”.

A frase veio porque passei um questionário na escola em que leciono Artes para o Ensino Médio, a fim de descobrir como os alunos se classificavam e o resultado foi preocupante, pois mais da metade de meus alunos negros não se reconhecia ou não gostava de si mesma, e o mais agravante, tinha vergonha de sua cor!

Assim, começava uma saga em busca de uma solução para essa problemática tão comum, mas que a escola teima em não ver. Fazê-los perceber que suas características físicas eram o que os tornavam especiais, foi o ponto de partida para uma mudança radical que se iniciou na sala de aula e se expandiu para além dos muros da escola, promovendo uma aprendizagem que ultrapassa a mera aquisição dos conteúdos, mas que faz sentido e passa a fazer parte da vida dos estudantes.

Segundo Kabengele Munanga, “todos nós, homens e mulheres, somos feitos de diversidade”. É na escola onde ela aparece e, como toda diversidade, surgem os problemas de aceitação. Conceituar cultura não é fácil, mas compreender sua origem, seus princípios e suas manifestações são motivos para retirar do isolamento grupos que se sentem marginalizados. É nesse contexto que a arte fotográfica tenta mostrar ao mundo, através das lentes, que o conhecimento da cultura de um povo contribui com a formação da identidade cidadã, inserindo o homem na sociedade.

A fim de valorizar e resgatar o orgulho da identidade étnico-racial, o projeto "Eu Sou uma Obra de Arte: Etnias do Mundo", da Escola de Referência em Ensino Médio Frei Orlando, promoveu uma exposição fotográfica com 20 etnias e raças reconhecíveis em nosso ambiente escolar. Todos tiveram a oportunidade de serem fotografados e apreciados de maneira digna e igualitária, desmistificando a crença de que uma raça é mais bonita ou mais importante que outra.

Depois de meses de pesquisas, debates e análises das diferentes etnias, os alunos foram produzidos e fotografados segundo a raça que suas características fisionômicas os habilitavam. A autovalorização de alunos que se sentiam inferiores, a participação maciça da comunidade escolar e a diminuição da evasão escolar foram algumas das conquistas desse trabalho, uma vez que esses alunos se sentiram acolhidos e respeitados, o que proporcionou um ambiente mais atrativo e favorável à aprendizagem.

Para apresentar os detalhes dessa saga, organizamos esta obra discutindo as etnias do mundo e a diversidade étnico-racial na escola, por meio da minha experiência profissional que compartilho a fim de convidar os educadores para também vivenciarem esta e outras práticas que incentivem os nossos alunos a acreditarem que podem, por meio do estudo, da pesquisa e de um bom projeto de vida, mudar o rumo de suas histórias pessoais, como eu mudei a minha enquanto professor que acredita e vive uma prática pedagógica inovadora no chão da escola pública brasileira.

Quem é o Professor Jayse?

> **"Quem disse que a educação pública não pode ser de qualidade?"**
> Jayse Ferreira

Meus pais não tiveram acesso ao estudo. Eu moro em Itambé, interior de Pernambuco, divisa com Paraíba, uma típica cidadezinha do interior com pouco mais de 30 mil habitantes, e durante muito tempo, os moradores daqui só tinham como subsistência o corte da cana ou o trabalho pesado nas casas de farinha, e essa foi a vida de meus pais.

Desde muito cedo, meu pai teve que trabalhar na roça ajudando meu avô que era agricultor e, depois de alguns anos, veio para cidade trabalhar consertando bicicletas. Essa realidade acabou impedindo-lhe de ir à escola. Meu pai não é alfabetizado e minha mãe conseguiu, com muito esforço, terminar o segundo grau. Eles sempre fizeram de tudo para que eu e meu irmão estudássemos, e foi assim que me tornei o primeiro da família a ter um curso superior! E é isso que eu passo para os meus alunos: a educação pode transformar a vida de qualquer pessoa. Um médico salva uma vida, mas um professor salva uma geração inteira.

> **"A educação pode transformar uma pessoa. Se o médico salva uma vida, o professor salva uma geração."**
> Jayse Ferreira

Sempre estudei em escolas públicas. Formei-me em Educação Artística, com pós-graduação em Psicopedagogia. Atuo, há mais de 14 anos, como professor e tenho experiência em Ensino Fundamental II, Ensino Médio e EJA, nos quais venho me dedicando à aplicação mais dinâmica das diversas linguagens artísticas, em especial a fotografia e o cinema.

Com o projeto chamado "Eu Sou uma Obra de Arte: Etnias do Mundo", que visa resgatar a autoestima e a autovalorização étnico-racial dos educandos, fui um dos vencedores, em 2014, do 8º Prêmio Professores do Brasil, realizado pelo Ministério da Educação e seus parceiros, na categoria Ensino Médio, e em 2017, mais uma vez, na categoria Inovação Pedagógica. Também consta no meu currículo os prêmios da Revista Select, Prêmio do Detran PE, Fundação Banco do Brasil de Tecnologia Social 2019 e o Prêmio Darcy Ribeiro instituído pela Câmara dos Deputados.

Atualmente, ministro aulas na cidade de Itambé, em Pernambuco, na Rede Estadual e em Pedras de Fogo, na Paraíba, pela Rede Municipal. Participei de diversas palestras pelo Brasil e pelo mundo, bem como fui matéria de destaque para diversos sites, revistas, jornais e programas de TV, como Encontro com Fátima Bernardes, na Globo. Em 2019, fui escolhido como um dos 50 melhores professores do mundo pelo Global TeacherPrize – considerado o Nobel da educação!

Introdução

> **“Nossa pretensão é de uma sociedade não racial... Estamos lutando por uma sociedade em que o povo deixará de pensar em termos de cor... Não é uma questão de raça; é uma questão de ideias.”** Nelson Mandela

Inicio “Etnias do Mundo: um projeto para valorizar a diversidade étnico-racial na escola” ressaltando que sou professor da rede pública estadual em Itambé, na Escola de Referência em Ensino Médio Frei Orlando, na Mata Norte de Pernambuco, onde ministro aula de Artes e de Filosofia sempre estimulando o diálogo franco e o autoconhecimento dos meus alunos. Como disse, acho importante ressaltar que estou em sala de aula, trabalhando diretamente com meus educandos, o que me concede o direito de falar com propriedade sobre a realidade da escola pública, sentindo na pele as dores e as alegrias de ser um professor!

No período de inscrição para o Enem, a maioria dos meus alunos não queria marcar a opção "negro" na ficha socioeconômica. Isto me intrigou e descobri, por meio de conversas informais, que o motivo era por vergonha e por medo de sofrer preconceito. Este fato me inquietou e me motivou a pensar em uma prática pedagógica que os fizesse repensar e se conscientizar da diversidade étnica que deu origem ao povo brasileiro, a fim de que todos refletissem sobre uma questão tão relevante de aceitação e de autoafirmação étnico-racial.

A partir de pesquisas sobre fenótipo, arquétipo, classificação, pigmento, melanina, ou seja, um jeito de ser dentro da diversidade étnico-racial, os alunos incorporaram reflexões sobre povos e personagens no mundo para que pesquisassem e percebessem traços similares aos deles. Intitulado “Eu Sou uma Obra de Arte: Etnias do Mundo”, escrevi o projeto que tinha como propósito valorizar a diversidade racial da escola, porque comprovei que meus alunos não gostavam do que viam no próprio rosto.

As primeiras propostas para o projeto “Eu Sou uma Obra de Arte” surgiram por meio da experiência de muitos anos como professor de Arte de adolescentes, em sua maioria, socialmente desprivilegiados e fora dos padrões europeus de beleza estabelecidos socialmente. Essa realidade me mostrava como esses jovens se sentiam menosprezados e como sua autoestima se encontrava baixa.

Uma situação em particular fez-me instituir as diretrizes norteadoras que realmente queria que o projeto privilegiasse. Uma discussão em sala de aula me chamou bastante atenção: os alunos problematizavam o fato de encontrarem dificuldades em responder o questionário socioeconômico do Enem, na questão que versava sobre como eles se consideravam, se brancos, negros, pardos ou mestiços. Dentro desse contexto, observei que a dificuldade não estava em marcar uma alternativa, ou em se colocar nessa ou naquela categoria, mas em se reconhecerem, especialmente, como negros, pardos ou mestiços, já que o preconceito de cor ou de raça no Brasil seria, no fundo, relacionado a raças historicamente marginalizadas.

Os alunos mostraram que existe muita insatisfação com essas categorias. Uma boa parte dos discentes não se identifica e não gosta de alguns desses termos, pois estariam ligados às diferenças importantes de condições de vida e de oportunidade e a eventuais problemas de discriminação e preconceito.

Percebi que a interdisciplinaridade era um percurso promissor para esse case pedagógico; dessa forma, socializei minhas observações com a professora de Biologia da escola numa tentativa de orientar os alunos no quesito raça ou cor. Levamos em consideração os diversos questionamentos e começamos a introduzir de forma sistemática a variável de origem nos estudos sobre a população brasileira.

E, com vistas a identificar a visão geral dos estudantes e a examinar a pertinência ou aceitação de seus traços raciais, elaboramos um conjunto de questões e aplicamos, por meio de uma pesquisa, a cerca de 340 alunos, entre 14 a 18 anos de idade, da 1ºs, 2ºs e 3ºs séries do Ensino Médio da nossa escola.

O objetivo seria comparar as respostas à pergunta tradicional sobre cor de pele, como também sobre a ocorrência de uma outra problemática: o bullying. Além disso, tínhamos a questão do preconceito racial, na qual predominava a crença de uma raça ou cultura ser superior a outra, o que permitiria examinar em que medida essas categorias correspondem, ou não, à forma pela qual os alunos se veem.

Em face às políticas de valorização, de respeito à diversidade étnico-cultural e, como uma forma de combate ao bullying e de elevar a autoestima dos estudantes, foi decidido que o Projeto "Eu Sou uma Obra de Arte" teria como tema "Etnias do Mundo", surgindo com ele a possibilidade de trazer para o debate o que significa literalmente ser "Ser Humano", oportunizando a valorização dos vários tipos de beleza, desmitificando, assim, o velho paradigma de que só é belo(a) aquele(a) que é branco(a), alto(a), de olhos claros e cabelos lisos.

Para isso, os alunos seriam retratados, por meio da técnica de fotografia, o que resultaria numa grande mostra fotográfica, enfatizando, principalmente, os alunos que apresentavam algum traço fisionômico que remeta a diferentes raças. Eu sabia que não seria uma tarefa fácil, pois tinha que deixar de lado o tradicionalismo pedagógico e ousar com novas práticas. Nesse momento, só me vinha em mente uma frase que escutei no meu curso de graduação: "dê uma aula da maneira que você gostaria de ver se estivesse no lugar do aluno". Pensei muito em como elaborar e ministrar uma aula que eu mesmo gosto de assistir! Então, inovei começando pela disposição das carteiras em sala de aula, até sair da escola e explorar todos os ambientes que nossa cidade dispunha.

> **"... quero elaborar uma aula e ministrar uma aula que gostaria de assistir se eu estivesse no lugar do aluno."** Jayse Ferreira

De início, houve uma certa estranheza pela comunidade escolar, mas quando o resultado começou a surgir, a escola passou a adotar essa visão mais inovadora que começo a detalhar para vocês.

Etnias do mundo

> **"... desenvolver critérios práticos, éticos e estéticos para mobilizar conhecimentos e se posicionar diante de questões e situações problemáticas."** BNCC, 2017

A arte, na minha prática pedagógica, é vista como fato histórico contextualizado nas diversas culturas, dialogando com o que dizem os Parâmetros Curriculares Nacionais de Arte (PCNs, 1997) para o Ensino Médio no que se refere ao respeito às diversidades das manifestações artísticas em suas múltiplas funções. Assim, identificamos, relacionamos e compreendemos o que nos levou a fomentar uma reflexão sobre a importância da valorização das raízes de um povo, no sentido da afirmação de sua identidade, despertando, com isso, o sentimento de pertinência a sua origem étnico-racial.

Dentro desse contexto, buscamos enfatizar, por meio da técnica da arte fotográfica, a importância da memória cultural de um povo trazendo para esses jovens o orgulho de seus traços fisionômicos tornando-os disseminadores da valorização e do respeito a essa diversidade, pois:

> *Educar para os direitos humanos, como parte do direito à educação, significa fomentar processos que contribuam para a construção da cidadania, do conhecimento dos direitos fundamentais, do respeito à pluralidade e à diversidade de nacionalidade, etnia, gênero, classe social, cultura, crença religiosa, orientação sexual e opção política, ou qualquer outra diferença, combatendo e eliminando toda forma de discriminação.* (Diretrizes Curriculares Nacionais da Educação Básica, 1999, P. 165).

Logo, verificamos que o ensino baseado no respeito à pluralidade e à diversidade deve estar pautado em práticas que busquem desenvolver, nos estudantes contemporâneos, uma nova maneira de pensar, agir e se relacionar.

Dessa maneira, trabalhar igualmente essas diferenças não é uma tarefa fácil para nós, professores, porque, para lidar com elas, é necessário ter em mente como a diversidade se manifesta e em que contexto. Pensar uma forma que integra a valorização étnico-racial significa progredir na discussão a respeito das desigualdades sociais, das diferenças raciais e no direito de ser diferente.

Nesse sentido:

> *A educação escolar, comprometida com a igualdade de acesso ao conhecimento a todos e especialmente empenhada em garantir esse acesso aos grupos da população em desvantagem na sociedade, é uma educação com qualidade social e contribui para dirimir as desigualdades.* (Diretrizes Curriculares Nacionais do Ensino Médio, 1999, P. 152)

Assim, a maneira que encontramos para diminuir os estigmas e as desigualdades dos grupos que se apresentavam em situação de exclusão no ambiente escolar, foi desmistificar, por meio da arte fotográfica, a ideia de um padrão de beleza que só abrangeria os de pele branca, cabelos lisos e olhos claros, por meio de pesquisas de várias etnias do mundo, dando destaque àquelas que poderiam ser encontradas em nossa escola, o que atenderia aos pressupostos expressos no Projeto Político Pedagógico (PPP), que assegura o respeito ao patrimônio das culturas, bem como a sua afirmação, com o objetivo de promover a aceitação da diversidade e favorecer a construção de um ambiente harmonioso, que valorize a pluralidade cultural.

Fui um professor sensível a essas particularidades, respeitando a diversidade étnica, religiosa e sexual de meus alunos. A minha comunidade é muito negra, indígena, ou melhor, miscigenada como o Brasil o é! E isso me preocupava, já que nada representava a realidade deles por ausência de fomentação de consciência e de respeito ao que se é.

Nós assistíamos a vários filmes nas salas de aula com protagonistas loiras de olhos azuis, enquanto as mulheres negras eram empregadas domésticas. Na realidade, essas produções retratam a sociedade que as menospreza, apagando os valores intelectuais dessas mulheres. Assim, confirmava aos alunos o quanto eles não eram representados e isso precisava mudar! Então, comecei a ter coragem de mexer no conteúdo para representar a minha região.

Jayse Ferreira e a turma de alunos — Foto: Arquivo Pessoal

A conscientização inicia-se com a mudança de paradigma. Tendo em vista a realização da pesquisa que fiz com os alunos, passei a estar mais próximo deles, a conhecê-los melhor, e esse estreitamento de laços foi fundamental. Ouso até dizer que esta é a chave do sucesso, olhar com carinho aquele ser humano que está por trás daquele número da caderneta, ele é muito mais do que só um nome no nosso diário de classe.

Assim, voltando-me para o emocional, no nosso cotidiano de sala de aula, a gente questiona muito se o aluno se sente acolhido pela escola, se ele aprende mais, se ele frequenta mais.

Com o meu olhar voltado para os 20 grupos étnicos-raciais selecionados, quando eu os trabalho com os alunos e não foco apenas na branca, mostro que na Namíbia, por exemplo, é bonito ter cabelo crespo, que o nariz e o lábio grosso fazem parte da beleza deles, eles se sentem representados.

Destaco, a partir desse relato, que não tenho nada contra a cultura estrangeira; mas, antes de trabalhar com as características, os valores, os costumes e a cultura de fora do nosso país, reflito com os alunos e os promovo, por meio dos costumes locais, sociais e, principalmente, por meio da etnia, a fim de que possam sentir orgulho de serem pernambucanos, nordestinos, enfim, brasileiros com muitos traços diferentes, e que isso não os torna feios ou estranhos, pelo contrário, isso os torna únicos! Então, pergunto:

- É bonito ter olho de bomba?

Eles respondem:

- É.

- É bonito ser testudo?

Eles respondem:

- É.

Isso não faz você melhor ou pior do que ninguém.

Os alunos se deram conta de que esses estereótipos não deveriam ser vistos como algo negativo, pois fazem parte de sua constituição física.

> **"... se o aluno se sente acolhido pela escola, ele aprende mais, ele frequenta mais."** Jayse Ferreira

20 etnias pelo mundo

Para a BNCC, 2017, valorizar e fruir as diversas manifestações artísticas e culturais, das locais às mundiais, e também participar de práticas diversificadas da produção artístico-cultural devem ser uma preocupação de toda unidade de ensino, fazendo parte do cotidiano dos alunos. Assim, pesquisando com os estudantes, identificamos em nossa escola vinte grupos étnico-raciais distintos, para os quais procuramos ter compreensão da importância das suas mais diversas manifestações artísticas e culturais, desenvolvendo-as numa perspectiva participativa e atuante por meio da arte, inclusive com técnica fotográfica. A cada nova etnia descoberta em nossa escola, os alunos produziam textos sobre curiosidades culturais desses países, como vocês podem conferir a partir dos textos escritos pelos próprios estudantes para a mostra fotográfica.

QR code para assistir ao vídeo das 20 etnias.

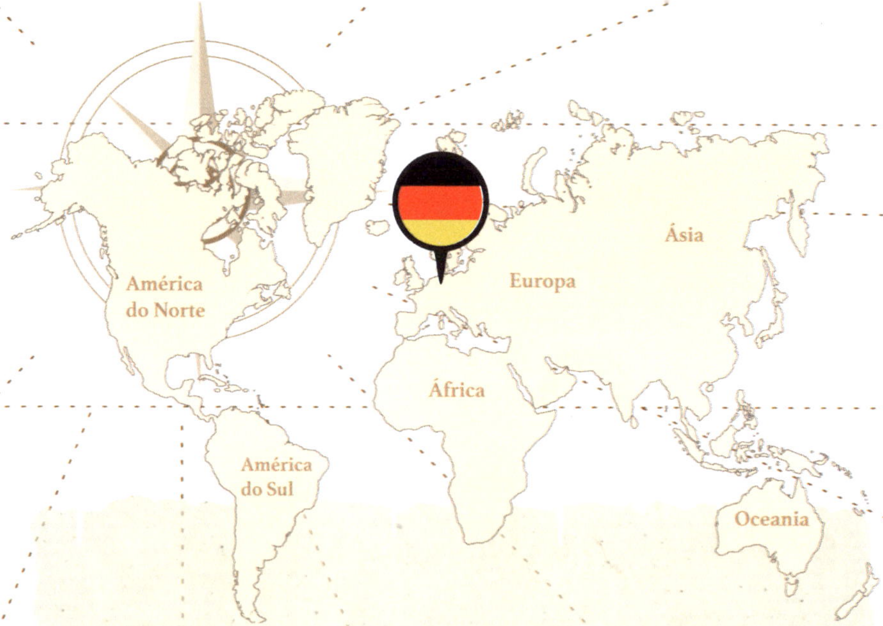

Alemanha

É o quinto melhor país do mundo para se viver, segundo pesquisas. A Alemanha é o mais importante país da União Europeia, isso se deve à elevada condição de vida de sua população de maioria branca, cabclos loiros e olhos claros. A Oktoberfest (festa da cerveja), realizada em Munique, atrai turistas de todo o mundo, que se encantam com os trajes típicos e a arquitetura presente nas fachadas das casas de vigas de madeira aparente.

Brasil

Brasil, oficialmente República Federativa do Brasil, é o maior país da América do Sul e da região da América Latina, sendo o quinto maior do mundo em área territorial. Diversos povos indígenas habitaram o Brasil muito tempo antes da chegada dos portugueses. Historiadores calculam que existiam 4 milhões de indígenas antes do descobrimento. Hoje, estima-se que esse número não passe de 400 mil espalhados pelo país.

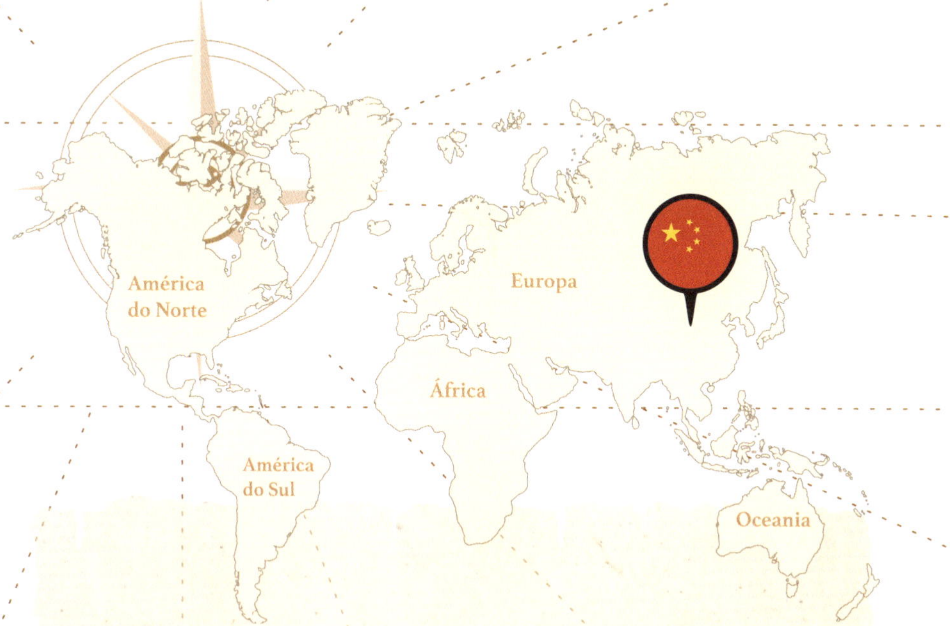

China

A República Popular da China é o maior país da Ásia e o mais populoso do mundo, com quase um quinto da população da Terra. Os chineses contribuíram muito para o desenvolvimento mundial. O papel, a pólvora e a bússola são algumas de suas invenções. O teatro chinês é um dos mais antigos, datando de 1.500 a.C. Seus atores usam maquiagem carregada e dramatizam feitos históricos.

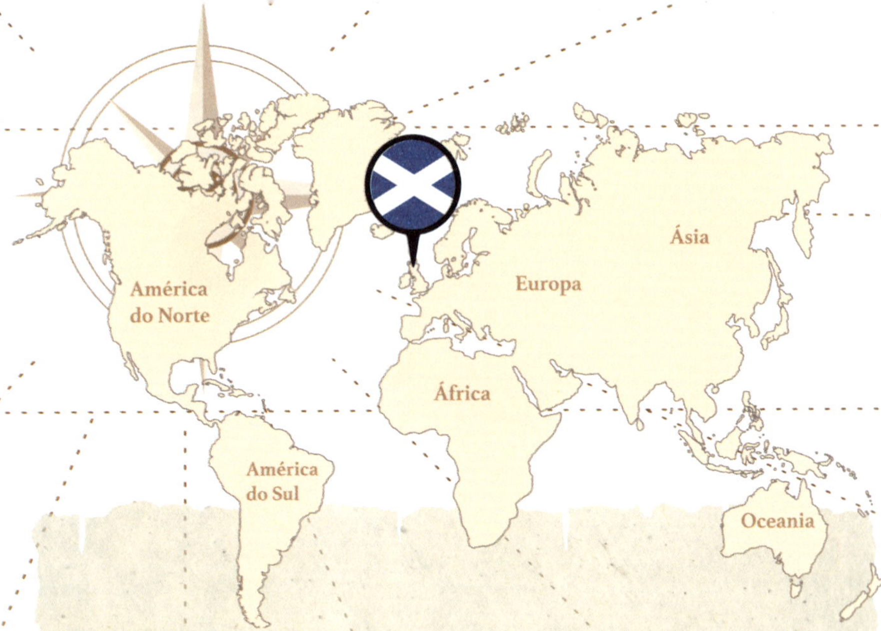

Escócia

Escócia, localizada no Reino Unido, é o lugar do mundo com o maior percentual de pessoas ruivas. Calcula-se que 13% da população escocesa tenha cabelos avermelhados. Alguns povos europeus achavam que ruivas eram bruxas e que a cor vermelha dos seus cabelos era o fogo do inferno! O ponto turístico mais famoso do país são os castelos, em especial o de Edimburgo, localizado no alto de um rochedo, chegando a receber 1 milhão de visitantes.

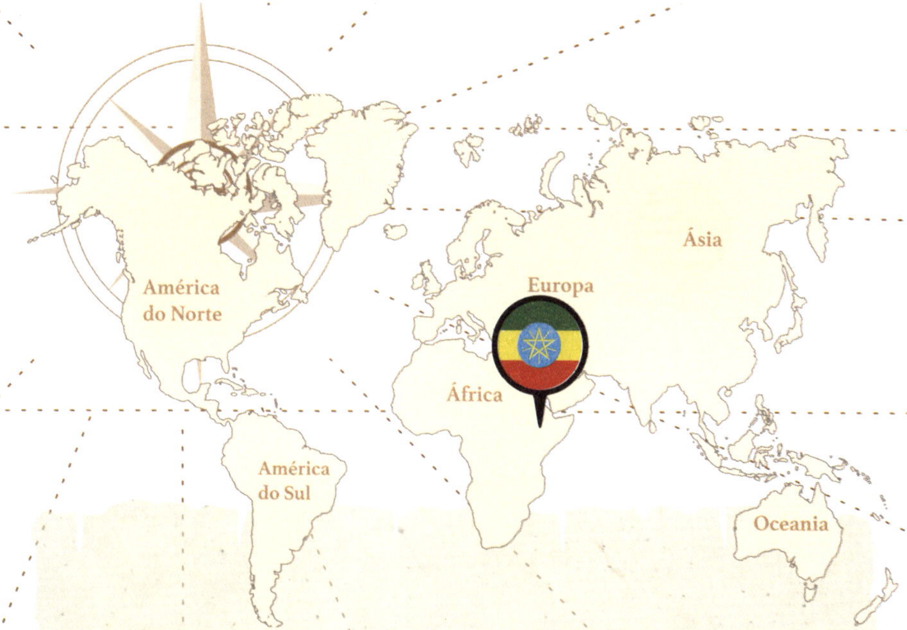

Etiópia

Na Etiópia, no interior desse país africano, encontra-se a tribo do Rio Omo, um povo semi nômade conhecido como Mursi. Usam roupas de peles de animais com desenhos geométricos estampados a fogo. Os guerreiros dessa tribo carregam um pedaço de pau para mostrar sua liderança. A criação de bois, cabras e ovelhas é vital para a tribo, pois fornece sangue, carne, leite e pele. O gado é altamente valorizado e utilizado no "pagamento" de noivas.

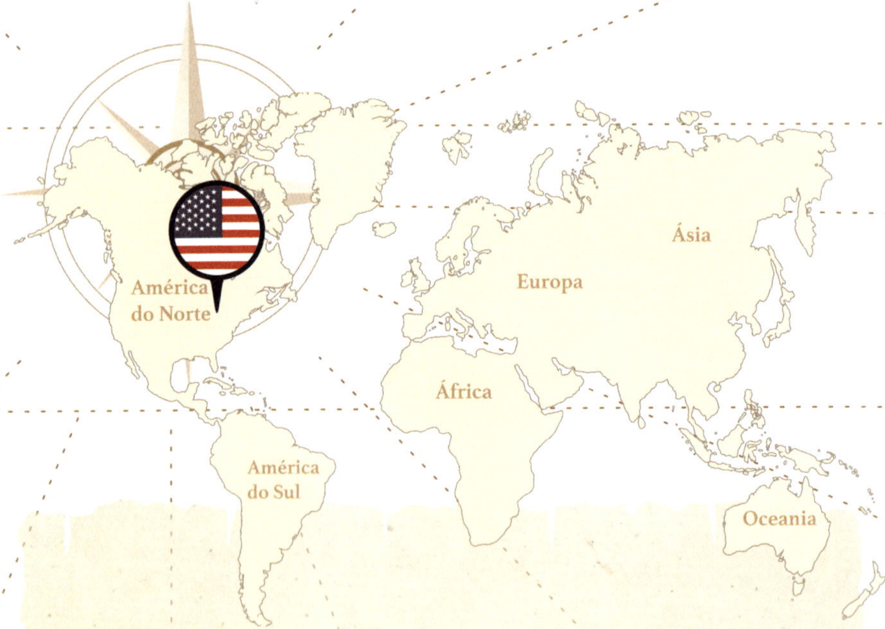

EUA

Nos EUA, existe a comunidade indígena da América do Norte, também chamada de PowWow. O termo vem da palavra POWWAW, que significa "líder espiritual". Os Gallups realizam um tipo específico de evento no qual indígenas e não indígenas se encontram para dançar, cantar e homenagear a cultura dos índios norte-americanos.

N.R: Assim como o Brasil e demais países da América, os Estados Unidos possuem diversas etnias indígenas em seus territórios. Aqui, usamos a comunidade indígena PowWow como exemplo.

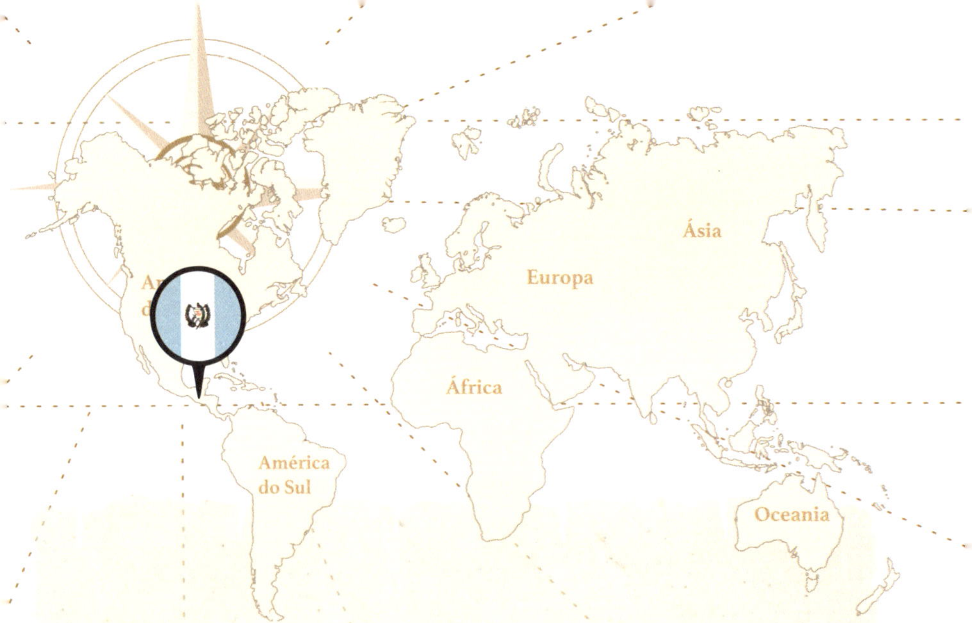

Guatemala

A Guatemala, situada na América Central, é um dos países mais densamente povoados. A população é formada majoritariamente por indígenas descendentes dos antigos Maias. Suas vestimentas são ricamente coloridas, destacando-se as túnicas tecidas à mão que se assemelham à tapeçaria; o mais impressionante são as cores que se combinam em infinitas possibilidades. Geralmente, os tipos de roupas identificam o grupo indígena a que pertencem.

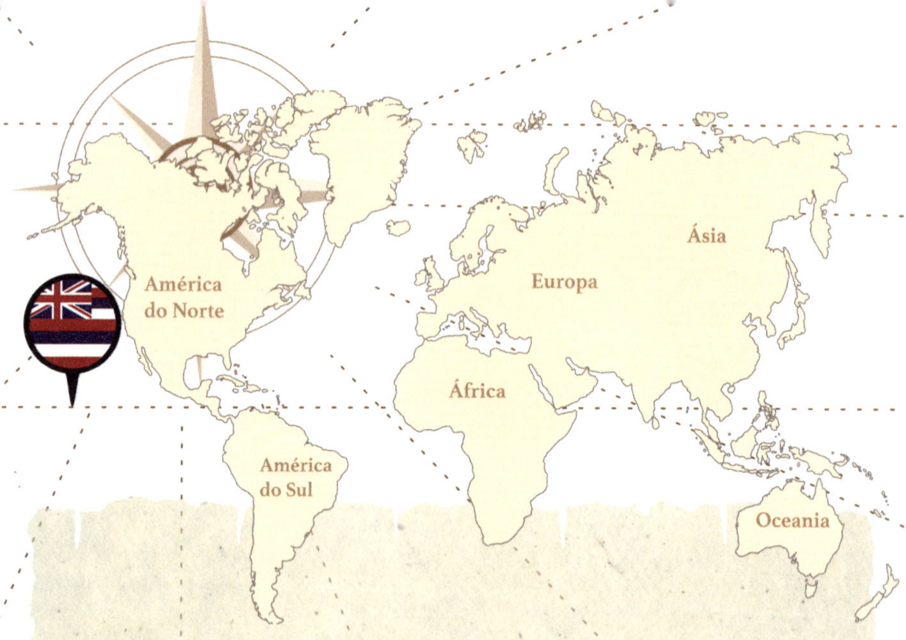

Havaí

O Havaí destaca-se pelas belezas naturais, principalmente pelas praias e paisagens paradisíacas. Situado no Oceano Pacífico, é formado por oito ilhas de origem vulcânica. A Hula, conhecida dança havaiana, é uma tradição passada de geração a geração. No Havaí, ela não é apenas uma dança, mas um estilo de vida que se baseia numa religião ancestral cheia de cantos, rica em acessórios naturais que remete ao amor à mãe natureza.

N.R: O Havaí é um estado que faz parte dos Estados Unidos, no entanto o autor utilizou-o como um dos grupos étnico-raciais selecionados para o projeto.

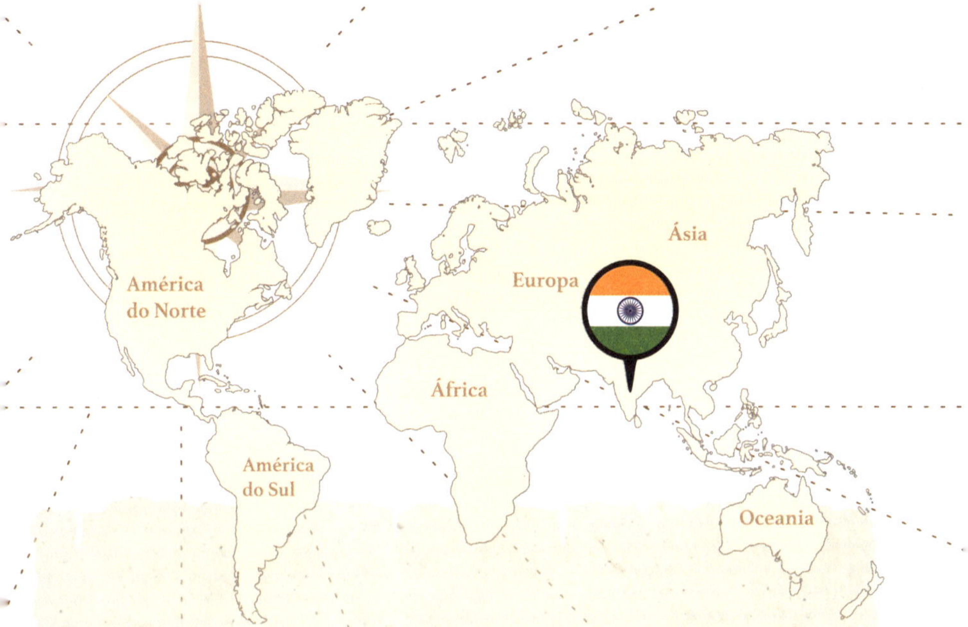

Índia

A Índia é o segundo país mais populoso do mundo, ultrapassando 1 bilhão de habitantes. A mulher indiana é condenada, desde o nascimento, a uma vida de humilhação e de violência, graças a um sistema de divisão social rígido: o sistema de castas. Algumas mulheres não têm direitos e são vítimas de todo tipo de agressão, chegando a serem atacadas com ácido. Hoje, já existem movimentos mundiais pela valorização das indianas.

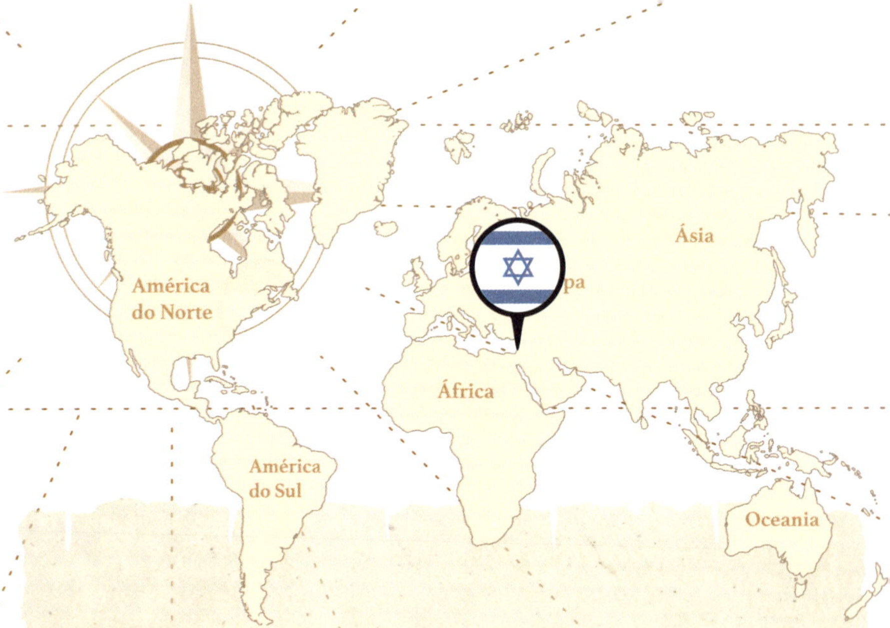

Israel

Israel, com mais de três mil anos de história, é o centro espiritual de grandes religiões como o judaísmo, o islamismo e o cristianismo.

O Muro das Lamentações, em Jerusalém, é um local sagrado para os judeus, onde eles rezam e fazem pedidos escritos em pedacinhos de papel, que são colocados nas frestas das pedras. O muro é a única parte restante do Segundo Templo de Jerusalém, destruído pelos romanos no ano 70 d. C.

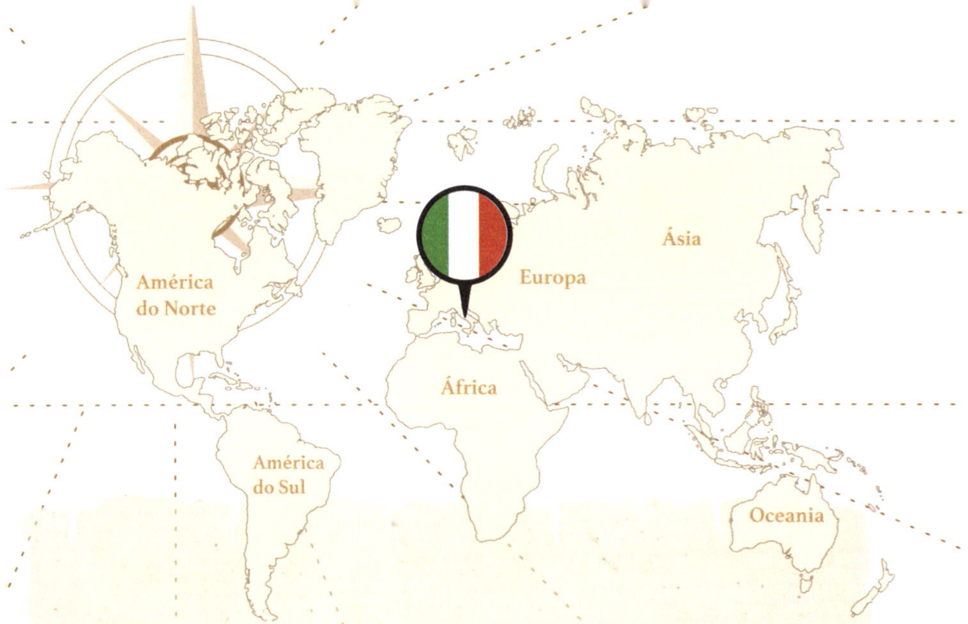

Itália

A Itália foi batizada pelos antigos gregos de Enótria, “terra dos vinhos”. É um país europeu localizado no sul do continente, banhado pelo Mar Mediterrâneo. Seu povo apresenta olhos e cabelos escuros e estatura mediana-baixa; também é conhecido por ser alegre, divertido e comunicativo. Adoram reunir a família para o almoço de domingo. O Brasil é o país com maior número de italianos fora da Itália.

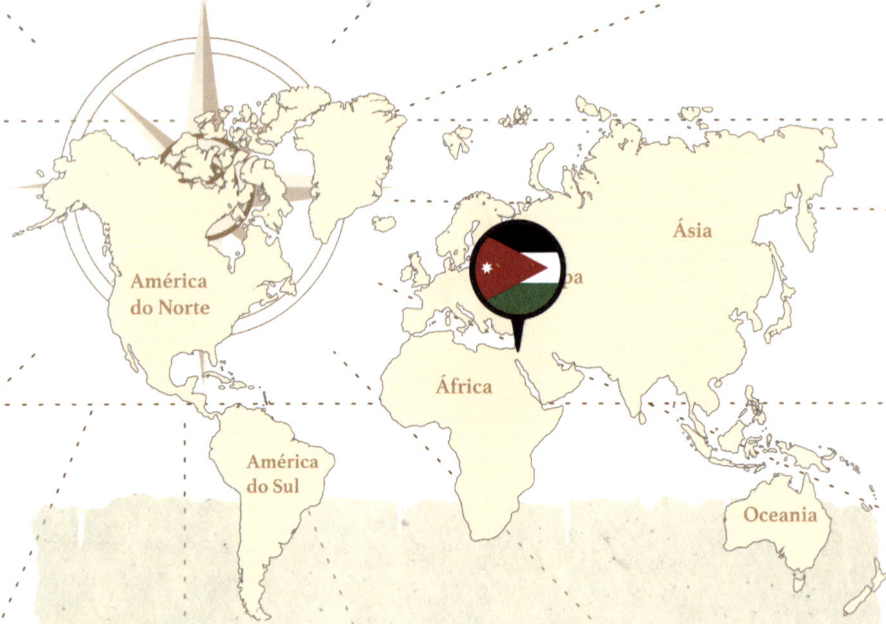

Jordânia

A Jordânia é um país do Oriente Médio, ao norte da Síria e a leste do Iraque. Sua capital é a cidade de Amã, onde é comum o uso da burca, vestimenta feminina que cobre todo o corpo, deixando apenas os olhos à mostra. Segundo o livro sagrado Alcorão, Alá aumentaria a dignidade da mulher que a usa.

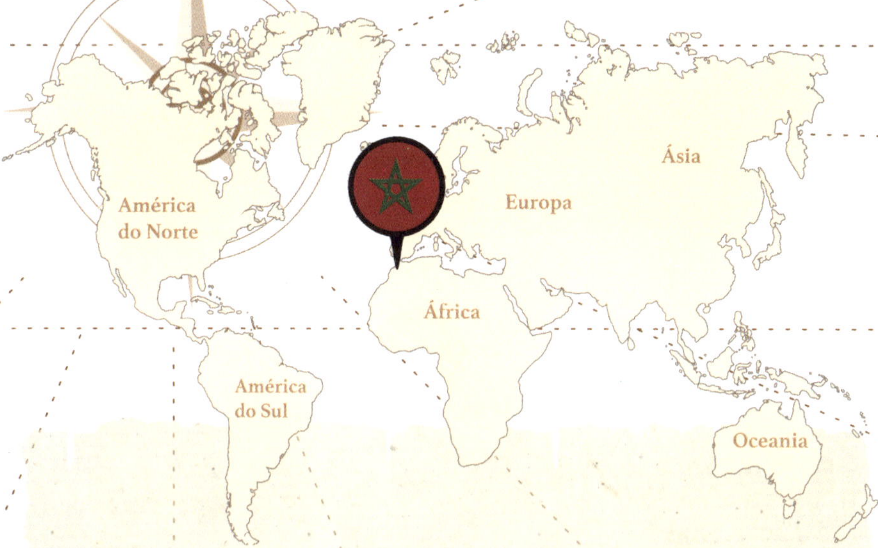

Marrocos

Marrocos, país da África que abriga os Tuaregues, também chamados de "piratas do deserto". Os homens desse povo não desprezam o uso de um véu característico, o tagelmust; dizem que este o protege dos maus espíritos e tem a função prática de protegê-los do sol do deserto e das rajadas de areia durante suas viagens em caravanas. Além do véu, também fazem uso de um turbante que cobre todo o rosto, exceto os olhos. Eles têm por costume oferecer chá de menta aos visitantes.

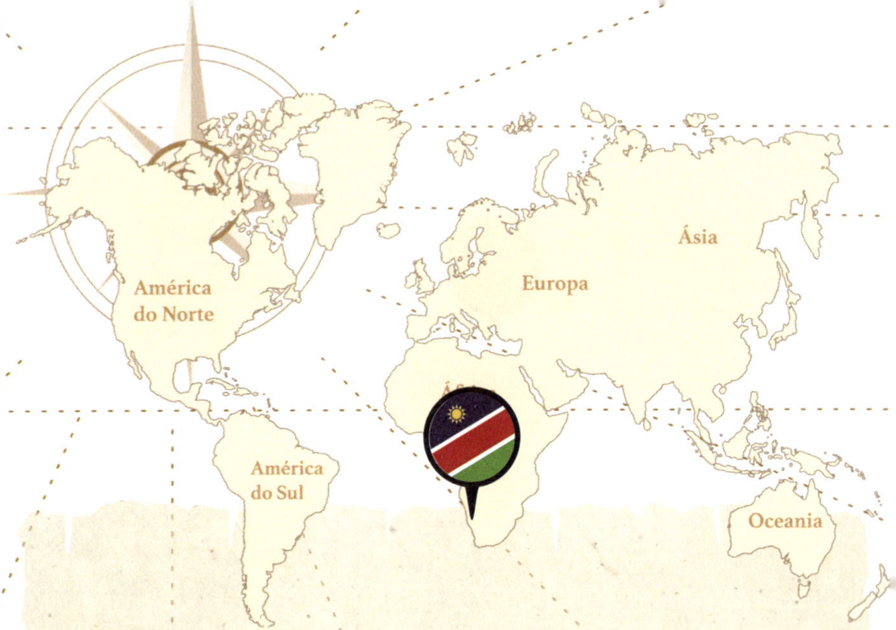

Namíbia

Na Namíbia, as mulheres da etnia himba, no norte do país, possuem um interessante costume: elas untam a pele e os cabelos com uma mistura de manteiga rançosa, cinzas e pó de pedra vermelha chamada de otjize, protegendo-se, dessa forma, dos raios solares, da secura do ar e dos mosquitos, conferindo-lhes um aspecto único em todo o continente africano.

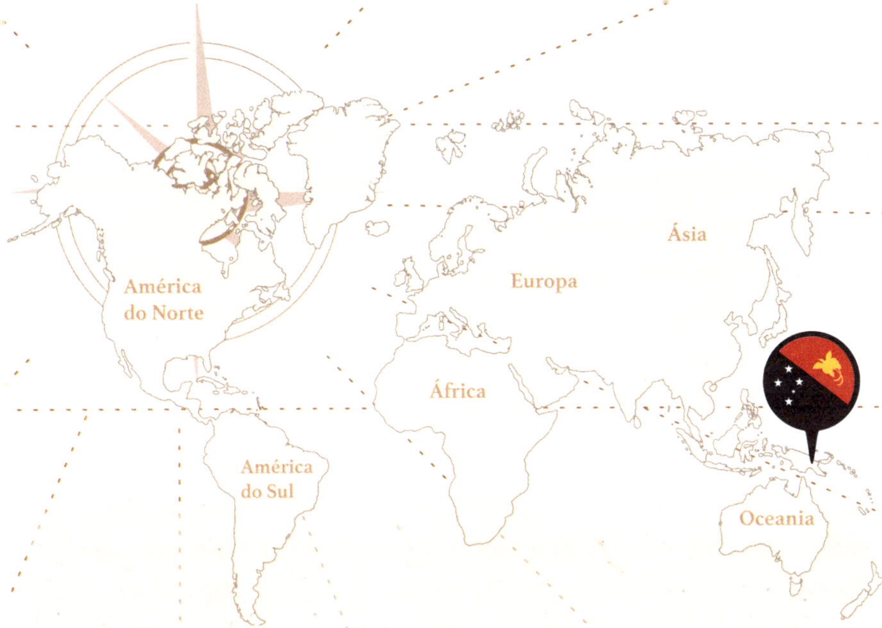

Nova Guiné

Nova Guiné, terra de mitos, lendas e magias, essa ilha indo-australiana foi descoberta por navegadores portugueses em 1511. Os habitantes vivem em pequenas regiões isoladas e cada grupo tem tradições e línguas diferentes. Os nativos têm por costume pintar seus corpos com argila colorida. Além de seus rituais e coreografias com raízes ancestrais, eles demonstram um profundo respeito à natureza.

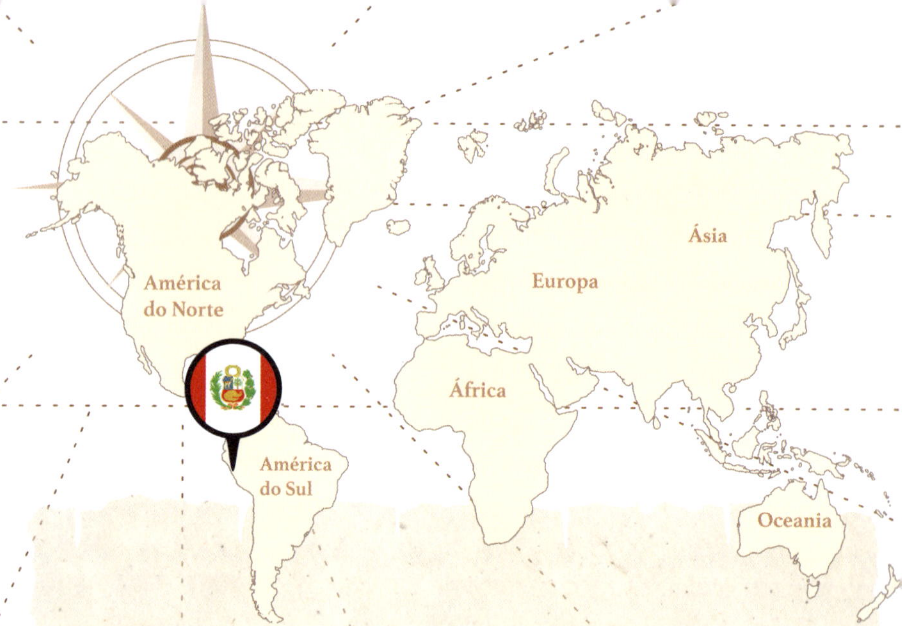

Peru

No Peru, a tapeçaria e as rendas são o símbolo desse povo remanescente dos Incas. Cusco, destino principal daqueles que viajam para o Peru, é uma cidade muito alta, 3.400m acima do nível do mar. Possui um dos sítios arqueológicos mais procurados do mundo: Machu Picchu.

As longas tranças, chapéu de palha e saias coloridas fazem parte das vestimentas características das mulheres desta região.

Polo Norte

O Polo Norte é uma das regiões mais geladas do mundo, situada no oceano glacial ártico. Terra dos Inuítes, povo indígena adaptado ao gelo. Eles se organizam em comunidades onde a humildade predomina e aprendem, desde cedo, a viver em conjunto para sobreviverem.

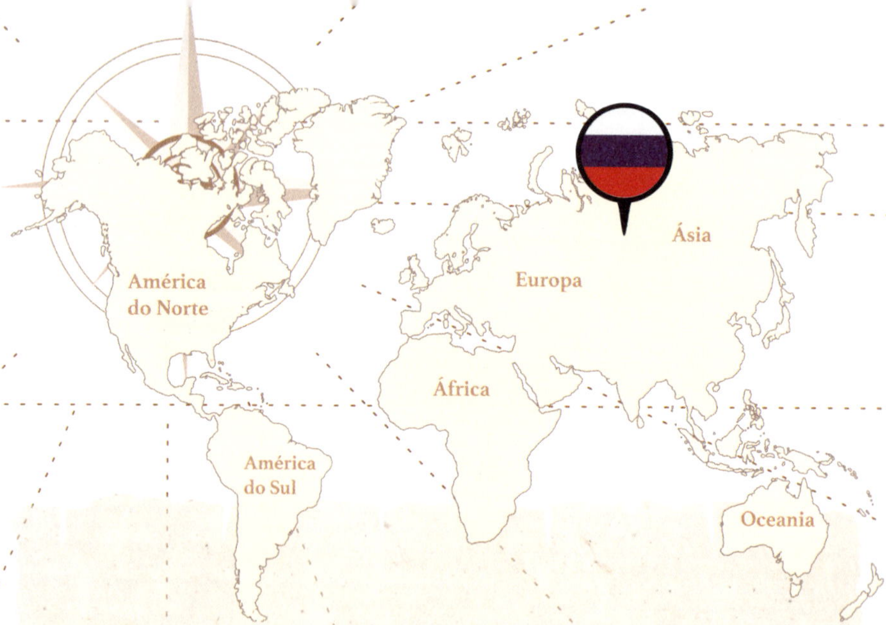

Rússia

A Rússia possui a maior extensão territorial do mundo, pertencendo a dois continentes simultaneamente (Europa e Ásia). A contribuição dos russos para o balé mundial é indiscutível. Apesar de ter surgido na Itália no século XV, foi na Rússia que o balé se desenvolveu. No início, era destinado a entreter a corte real dos czares russos. Os princípios básicos da dança são: postura, disciplina, beleza, harmonia e simetria.

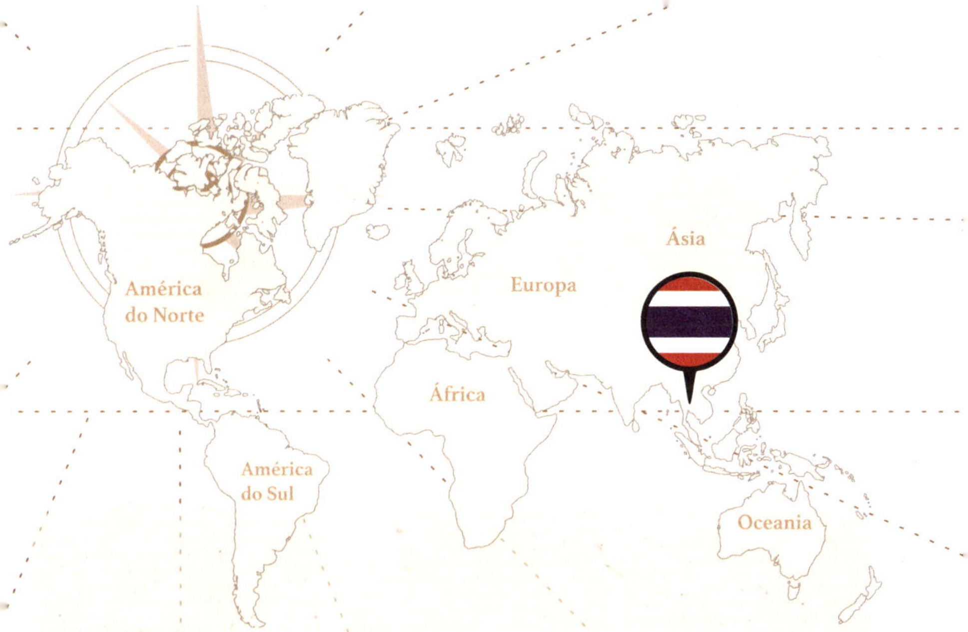

Tailândia

A Tailândia é localizada no continente asiático, e sua origem remonta ao século VI a.C. É conhecida mundialmente como a "Terra das Mulheres Girafas", apelido que se dá às mulheres que usam uma espiral de cobre, que pode pesar até 10kg, em volta do pescoço. Esse costume torna-o incrivelmente longo, como se fosse o pescoço de uma girafa.

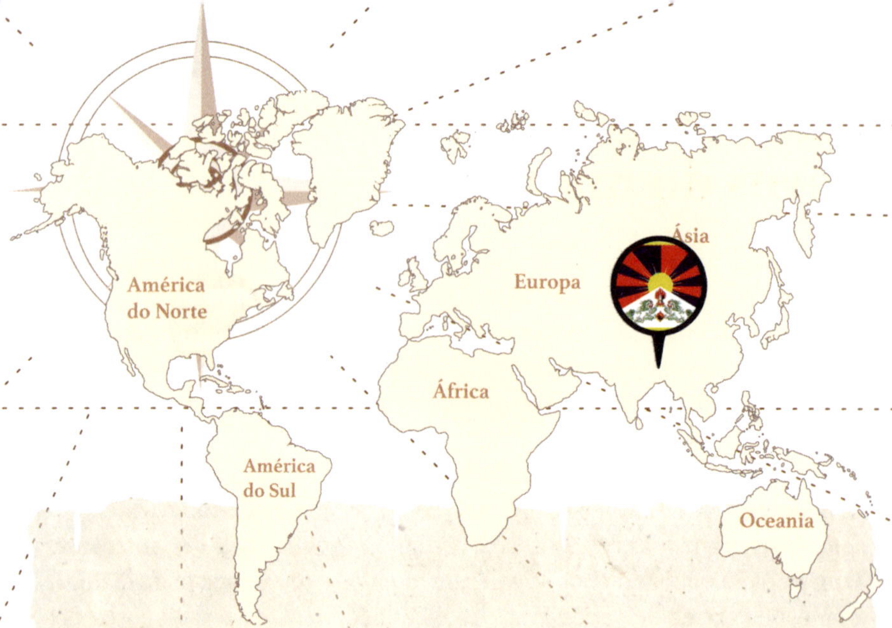

Tibet

Tibet é uma região autônoma da China, com importante tradição budista. Cidade onde residia o Dalai Lama, líder espiritual e governador do Tibet. Os monges tibetanos passam muito de seu tempo meditando, aprendendo e trabalhando em templos e mosteiros, onde fazem votos de obediência e se abstém de atividade sexual na tentativa de alcançar o desenvolvimento espiritual e a iluminação.

Novo olhar para os povos do mundo

A jornada pedagógica do "Etnias do Mundo" precisava de inspiração, e eu, enquanto professor, precisava de um novo olhar para os povos do mundo a fim de ter uma linguagem empoderada para desmistificar uma problemática já enraizada na vida dos estudantes: a ideia de um único padrão de beleza. Assim, construí um itinerário de pesquisas que passasse ao longo da minha disciplina de Artes.

Mesmo sem me dar conta, já estava trabalhando nos moldes do que hoje se pede na BNCC, a interdisciplinaridade! Foram dias de muitos debates com os meus amigos professores... Costumo dizer que a sala de professores é um ambiente altamente criativo. É um momento onde você pode dialogar com especialistas de várias áreas e de conhecimentos bem distintos dos seus, o que te proporciona uma visão de mundo muito mais ampliada, e foi assim que comecei a angariar novos entusiastas para esse projeto. Primeiro, foi a professora de Biologia, Viviane Menezes. Ela deu ótimas ideias de como abordar as questões sobre o porquê de os alunos terem peles de cores diferentes e, na sala de aula, ela explicou detalhadamente a questão da melanina, que dá a pigmentação mais escura, bem como o porquê de os cabelos serem mais crespos na população africana. Outra contribuição de suma importância foi da professora de Geografia, Fabíola Romão, que trabalhou em suas aulas a localização geográfica de cada um dos 20 países e elaborou um mapa com a bandeira, dados demográficos e geopolíticos desses países; a professora de Língua Portuguesa também deu sua valiosa ajuda auxiliando os alunos a confeccionarem os textos com as características e curiosidades dos países trabalhados no projeto. Mas não parou por aí, os professores de Língua Estrangeira, Educação Física e Química também participaram ativamente de todo o processo, dessa vez não com conhecimentos de suas áreas específicas, mas sim com a logística de viagens, na confecção de roupas e materiais de divulgação do projeto. Outro ponto que gostaria de ressaltar foi o apoio que tive da gestão escolar, isso foi fundamental para o bom andamento do projeto, tendo em vista que algumas vezes tive que me ausentar para levar os alunos para aulas de campo. Sem o consentimento da gestão, esse trabalho seria inviável.

E, neste percurso pedagógico em que parti do mundo para o Brasil, do Brasil para o Nordeste e do Nordeste para minha cidade, tive como fonte de inspiração o livro "Face a Face – Uma Jornada por Povos do Mundo", do autor Alejandro Szanto Toledo, que retrata o seu percurso por vários continentes através de fotografias de pessoas de muitos países, apresentando ao leitor que a diversidade é bonita e está presente em todo o mundo.

> **"A diversidade é bonita demais e é o que nos torna pessoas tão interessantes."** Jayse Ferreira

Alejandro Szanto Toledo foi diretor do Instituto de Física da USP entre 2006 e 2010, coordenou o projeto de construção do Acelerador Linear Supercondutor do IFUSP, foi membro titular da Academia Brasileira de Ciências desde 1997 e da Academia Paulista de Ciências desde 1996 e retratou, por meio do livro "Face a Face – Uma Jornada por Povos do Mundo", 350 fotos inéditas sobre a diversidade de etnias e raças pelo mundo.

O que se vê no livro "Face a Face - Uma Jornada Por Povos do Mundo" é parte da variedade **étnica** que existe no mundo, e que o autor conseguiu com muito capricho e sutileza capturar, em suas lentes, momentos únicos, nos quais, por exemplo, homens se cobrem de barro dos pés à cabeça na Papua Nova-Guiné; mulheres que tatuam o rosto inteiro e outras que se destacam pelos trajes multicoloridos... realmente, um trabalho fascinante, que levou mais de três décadas para ficar pronto! Na realidade, para mim, enquanto professor realizando pesquisas, esse livro é uma janela extraordinária para um mundo colorido, humano e diferente dos povos do mundo que não se vê em destaque. Além das informações que impactaram na construção do repertório, também há curiosidades e detalhes sobre as fotos. Independente da sua área de formação, eu super recomendo esse livro e acredito que todo educador deveria conhecê-lo.

Eu descobri o livro quando navegava na internet, então passei a folheá-lo com os alunos em sala de aula e, assim, começamos a identificar os estudantes que mais se assemelhavam com aquelas fotos. Os discentes repararam como seus traços eram similares aos dos povos, suas cores, seus costumes e outros aspectos. A partir de um delineamento étnico, iniciamos uma busca na escola de traços de outras etnias, e esse momento foi interessante porque os estudantes passaram a falar:

- Olha! Como é bonito ser indiano!,

ou - meu nariz parece com o do tibetano!

- Olha os traços daquele alemão e deste africano, se parecem muito com os meus!

E passaram a reparar como a diversidade é bonita e o quanto dela havia na sala de aula. Eis a construção do processo de mudança que alterou a maneira de todos se perceberem e se valorizarem e, nesse momento, me senti muito feliz quando escutei pela primeira vez:

- Eu tenho orgulho do que sou!

- Eu tenho orgulho da minha cor... do tipo do meu cabelo...

Realmente, para a construção do itinerário "Etnias do Mundo", "Face a Face – Uma Jornada por Povos do Mundo", foi peça fundamental. E, para os estudantes, foi um presente espetacular, porque percebi que, a cada aula, os estudantes se reconheciam e encontravam seu lugar no mundo e o seu mundo étnico-racial.

> **"... percebi que, a cada aula, os estudantes se reconheciam e encontravam seu lugar no mundo e o seu mundo étnico racial."**
> Jayse Ferreira

Por isso, afirmo que o livro do Alejandro Szanto de Toledo é um grandioso legado para a construção de repertório étnico, como também para exploração de outras ciências, abrindo um debate tão necessário num mundo ainda tão cheio de intolerância.

E foi acreditando na transformação da vida das pessoas que segui incentivando os meus alunos para serem os melhores, porque eu não aceito aluno médio. Eu sempre olho para eles e digo "você pode ser 10. Você tirou 5, mas você vai chegar lá". Eu não os subestimo, não olho o estudante como um número na chamada do diário escolar. Ele é uma pessoa com grandes potenciais, basta que você acredite nele! Meu pai, que é um homem muito simples, diz "a escola deve formar gente que preste". Se o país vai mudar, sempre vai passar pela mão do professor. Que sigamos, incentivados pela simplicidade de ser humano, para o contexto da diversidade étnico-racial.

> **"Gosto muito da frase que meu pai sempre diz 'a escola deve formar gente que preste'."** Jayse Ferreira

Diversidade étnico-racial

> **"A distância nos separa, os hábitos nos distinguem, mas todos fazemos parte de uma grande família: a dos seres humanos!"**
> Jayse Ferreira

Com a responsabilidade e o comprometimento de desconstruir o preconceito e a vergonha de SER o que é e construir, por meio da pesquisa e da arte fotográfica, a importância da memória étnica e cultural de um povo, bem como valorizar seus traços fisionômicos e respeitar a diversidade, que seguimos na missão de ser professor no Brasil contemporâneo.

Em pesquisa, o diálogo sobre diversidade e currículo norteou-se pelo constructo histórico, cultural e social das diferenças étnicas. Por meio/ a partir do diálogo com a arte fotográfica, as diferenças foram construídas para além das características biológicas, ou seja, observáveis a olho nu, porque mexeu na autoestima e motivação dos estudantes e de toda a comunidade escolar.

Assim, conduzir, por meio da prática pedagógica, o perceber das diferenças é uma construção que começa com o nascimento da pessoa e se processa no decorrer de toda a sua vida enquanto sujeito social e cultural, tanto que se conceitua:

> *A diversidade entre os indivíduos como uma condição da natureza humana que está presente na abordagem pedagógica. Isso não significa que lidar com ela seja simples, pois, ainda hoje, está-se aprendendo a conviver com as 'diferenças'. Nem toda 'diversidade', no entanto, significa desigualdade, e este é o caso da 'diversidade étnico-racial e cultural'. Cada um dos grupos que contribuiu para a formação da sociedade brasileira tem histórias, saberes, culturas e, muitas vezes, línguas diversas. Será que essa diversidade foi historicamente valorizada, tanto pela sociedade quanto pela escola? Será que se soube respeitar e aproveitar essa multiplicidade de contribuições culturais? A resposta a essas perguntas foi, durante muito tempo, negativa.*
> (*Silva e Souza*, 2008, *p.* 170)

Jayse Ferreira e a turma de alunos – Foto: Arquivo Pessoal

"Todos nós somos feitos de diversidade." Jayse Ferreira

Realmente vivi e me inquietei com essas respostas negativas, tanto que, na prática pedagógica com "Etnias do Mundo", adotou-se a nomenclatura diversidade étnico-racial alinhada à definição de cultura como...

> *...fruto de convenções que orientam o comportamento dos indivíduos socialmente, isto é, ela é uma representação abstrata do social a partir da qual os indivíduos estipulam a sua maneira de vestir, falar, pensar, comportar, enfim, a sua maneira de viver, sem que, muitas vezes, nem tenham consciência disso.* (Gomes, 2003, p. 19)

Dessa forma, a vida coletiva das pessoas faz-se de representações, ou seja, das figurações mentais dos seus componentes que, muitas vezes, se realiza de forma estereotipada, porque conceituar cultura não é fácil, mas compreender sua origem, princípios e manifestações são motivos para retirar do isolamento grupos que se sentem marginalizados. É nesse contexto que a arte fotográfica tenta mostrar ao mundo, através das lentes, que o conhecimento da cultura de um povo contribui com a formação da identidade cidadã, inserindo o homem na sociedade.

"A beleza está nos olhos de quem vê." Ramon de Campoamor

Para tanto, pensei que o planejamento de práticas pedagógicas entraria como uma maneira de combate à discriminação racial como também de inclusão, pois estimularia a tomada de consciência sobre aspectos sociais e históricos envolvidos na formação dos povos e das raças, levando os alunos a se colocarem na posição do outro. Como minha meta era desconstruir e conscientizar pelo reconhecimento das diferenças e das diversidades étnicas pelo mundo, acreditei na desconstrução das crenças únicas e na desvalorização étnico-racial.

Outro conceito que quero destacar no cenário das relações raciais é o de etnia. "Termo que é derivado do grego *ethnikos*, adjetivo de *ethos*, e se refere a povo, nação. Já o grupo étnico é um fenômeno cultural, mesmo sendo baseado originalmente numa percepção comum e numa experiência de circunstâncias materiais desfavoráveis" (CASHMORE, 2000, p.197).

Por fim, o termo raça diz respeito aos atributos dispensados a certo grupo e grupo étnico. Refere-se a uma resposta original de um povo quando, em alguma situação, sente-se marginalizado pela sociedade.

Nesse sentido, percebi que raça e etnia são expressões que se fundem no contexto social brasileiro, visto que ambos os termos são carregados de significações e podem determinar o pensamento, a atitude e a forma de ser e pensar o mundo e as nuances que o cercam. E segui com os estudantes com a diversidade de meu povo, sua cultura, sua etnia e sua raça para redefinirmos o olhar de aceitação e autoestima que são fundamentais para a aprendizagem significativa.

> **"A aceitação e a autoestima são fundamentais para aprendizagem. O aluno que se gosta, que se aceita, gosta de estar em um ambiente que o aceite. E isso foi reverberando, observamos que foi encadeando o processo de aprendizagem mais efetivo mesmo."** Jayse Ferreira

Itinerário pedagógico: diversidade étnico-racial

"Etnias do Mundo" teve como objetivo destacar a valorização das etnias, das raças e, além de tudo, da diversidade dos próprios estudantes. Com isso, reforcei, por meio do itinerário pedagógico que criei, a diversidade dos alunos da escola onde leciono, em sintonia com os conteúdos pedagógicos e adaptados à realidade da instituição.

Dessa forma, fui conseguindo dialogar com o cotidiano da turma e aumentar o interesse dos estudantes pelos temas apresentados em sala de aula. Ressalto, neste ponto, que um professor engajado no processo de ensino e aprendizagem tem um empoderamento, diante da comunidade escolar, impactante, visto que impulsiona, no seu contexto, ideias inovadoras e a vontade de mudança da sala de aula, nos corredores da escola bem como fora dos muros dela.

> **“O professor está numa posição que pode impactar a vida de um estudante e, por isso, é importante que ele próprio sinta-se valorizado para estimular a autoconfiança dos educandos.”**
> Jayse Ferreira

Foi assim que transformei, com o itinerário pedagógico "Etnias do Mundo", um pouco da história da Escola de Referência em Ensino Médio Frei Orlando, que se encontra localizada na Zona da Mata de Pernambuco, na cidade de Itambé, à rua Ademar Correia de Melo, no bairro Planalto, área periférica da cidade.

Jayse Ferreira e a turma de alunos — Foto: Arquivo Pessoal

A unidade de ensino é classificada de grande porte. Tem mais 50 anos de fundação, mas só em 2010 tornou-se referência em Ensino Médio. Em seu espaço físico, dispõe de uma biblioteca e de um refeitório. Apesar de um grande espaço físico, suas instalações são modestas e, ao longo dos anos, vem tentando se modernizar para melhor atender à grande demanda de alunos locais e oriundos de cidades e do estado vizinhos, já que sua localização geográfica faz fronteira com Pedras de Fogo, pertencente ao estado da Paraíba.

Em suas 13 salas de aula, estão cinco 1°s séries, quatro 2°s séries e quatro 3°s séries, totalizando, assim, 500 alunos, os quais estudam em regime integral. As turmas são compostas, em média, por 40 alunos vindos de escolas particulares e públicas. Os educandos demonstram níveis de aprendizagem diversificados, mas se mostram muito participativos e abertos às iniciativas pedagógicas inovadoras, o que facilitou o desenvolvimento do projeto.

Um ponto positivo da nossa escola é que cada disciplina/professor contém uma sala de aula própria aonde os alunos se deslocam para assistirem às aulas. Este sistema viabiliza despertar no educando a responsabilidade e autodisciplina, como prega o protagonismo juvenil descrito no Projeto Político Pedagógico da instituição.

No que diz respeito à participação efetiva dos pais na escola, ainda não acontece de maneira satisfatória, pois uma pequena parte só se faz presente nas reuniões de pais e mestres.

E foi nesse contexto físico que pensei o itinerário em que parti do mundo para o Brasil, para o Nordeste e para minha cidade, com o apoio das fotografias do livro "Face a Face – Uma Jornada por Povos do Mundo", do autor Alejandro Szanto Toledo.

Inspirado no fato de que a diversidade é bonita demais, contextualizei os conteúdos dos componentes curriculares, identificando estratégias para apresentá-los, representá-los, exemplificá-los e torná-los significativos, com base na realidade de Itambé e do tempo de aprendizagem dos meus alunos.

Face a Face

Alejandro Szanto de Toledo

Decidi ainda sobre que outros componentes curriculares poderiam contribuir com o itinerário pedagógico "Etnias do Mundo" a fim de ampliar as discussões sobre a diversidade étnica de forma colaborativa. O projeto trabalhou muito bem as competências gerais de número 3, 4 ,8 e 9 da BNCC, 2017, que são:

3. Senso estético - desenvolver o senso estético.

para: reconhecer, valorizar e fruir as diversas manifestações artísticas e culturais e participar de práticas diversificadas de produção artístico-culturais.

4. Comunicação - utilizar as linguagens verbal, verbo-visual, corporal, multimodal, artística, matemática, científica, tecnológica e digital.

para: expressar-se, partilhar informações, experiências, ideias e sentimentos em diferentes contextos e produzir sentidos que levem ao entendimento mútuo.

8. Autoconhecimento e autocuidado - conhecer-se, apreciar-se, reconhecer suas emoções e as dos outros, ter autocrítica.

para: cuidar de sua saúde física e emocional, lidar com suas emoções e com a pressão do grupo.

9. Empatia e cooperação - exercitar a empatia, o diálogo, a resolução de conflitos e a cooperação.

para: fazer-se respeitar e promover o respeito ao outro, acolher e valorizar a diversidade sem preconceitos, reconhecendo-se como parte de uma coletividade com a qual deve se comprometer.

Outro ponto norteador foi a aplicação da pesquisa com os alunos da EREM Frei Orlando, em que se perguntou sobre etnia, preconceito racial, bullying, cultura e outros aspectos relevantes.

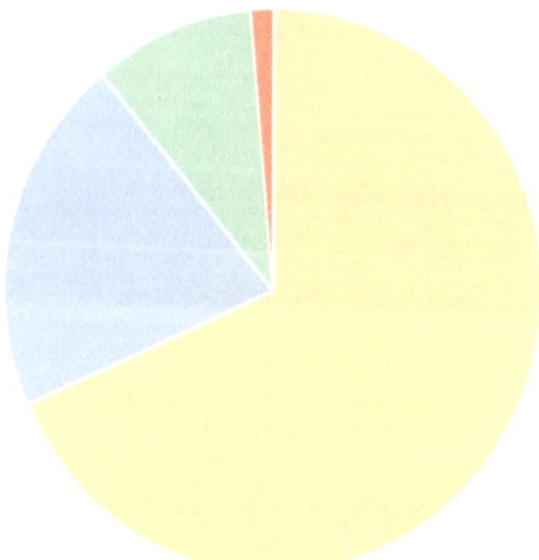

Gráfico com os resultados da pesquisa realizada com os 258 alunos da EREM Frei Orlando

Questionário

01. Você se considera:

○ Negro ○ Branco ○ Pardo ○ Índigena

02. Você já foi vítima de preconceito racial?

○ Sim. ○ Não.

03. Você é racista?

○ Sim. ○ Não.

04. Você já sofreu ou sofre algum tipo de bullying?

○ Sim. ○ Não.

05. Você acredita que uma raça pode ser superior à outra?

○ Sim. ○ Não.

06. Você conhece o significado biológico da palavra melanina?

○ Sim. ○ Não.

07. Você conhece o significado da palavra etnia?

○ Sim. ○ Não.

08. Você acha que uma cultura pode ser considerada superior à outra?

○ Sim. ○ Não.

09. Você acredita um dia podermos ter um melhor respeito sobre a diversidade racial e cultural do Brasil?

○ Sim. ○ Não.

10. Você acha que uma pessoa pode perder uma oportunidade, seja de emprego, estudos, viagens.... por causa da cor da pele?

○ Sim. ○ Não.

Quando colhemos todas as fichas e fizemos os levantamentos dos dados a respeito de como meus alunos se classificavam, tive uma grande surpresa! Ao analisar as porcentagens de alunos que se consideravam negros, percebi que esse número 9,7% estava muito abaixo do que eu esperava. Como trabalho em todas as turmas da escola, conheço cada um de meus alunos, portanto sei que havia muito mais negros, algo girando em torno de 20%*. E onde estavam esses alunos que não se reconheciam como negros? Por que eles preferiam não se verem como negros? Essa constatação me deixou muito inquieto. Então, fui em busca de respostas. Foi aí que, mais uma vez, me deparei com uma situação alarmante: meus alunos tinham vergonha da cor de sua pele! Por isso, a grande maioria não se marcou como negra. Eles me diziam:

– Professor, olhe na televisão como retratam os negros...

– Eles são os bandidos, favelados ou escravos, e as mulheres são as empregadas domésticas... eu não quero ser representado assim!

Aqueles depoimentos feriram profundamente minha alma. Eu, enquanto educador, tinha a obrigação de fazer alguma coisa frente a essa triste constatação. Daí nasceu o projeto "Eu Sou uma Obra de Arte: Etnias do Mundo".

Com "Etnias do Mundo", percebi que, para um bom planejamento de itinerário pedagógico, seria necessário pontuar ativamente o protagonismo juvenil. Tanto que em todas as ações pedagógicas inovadoras que marcam o meu trabalho como professor, chamo os alunos para fazerem comigo desde o planejamento de cada detalhe até a culminância.

Considero esse um grande diferencial, visto que uma prática pedagógica de sucesso se constrói pensando de uma maneira para além do ambiente escolar e com base nas Diretrizes do Currículo Escolar Nacional do Ensino Médio. Propõe-se também a inovação pedagógica tanto que, no projeto "Etnias do Mundo", valorizei as etnias, as raças e, além de tudo, a diversidade dos meus estudantes.

*N.R: Muitas vezes, pessoas brancas não reconhecem negros de pele clara, e ainda cabelos raspados ou alisados podem mudar a percepção racial de alguém. Ser negro vai muito além da cor da pele.

Jayse Ferreira e a turma de alunos — Foto: Arquivo Pessoal

Jayse Ferreira e a turma de alunos — Foto: Arquivo Pessoal

> **“... uma prática pedagógica de sucesso se constrói pensando de uma maneira além do ambiente escolar...”** Jayse Ferreira

Outro ponto relevante do planejamento pedagógico com foco na inovação é a valorização do uso da tecnologia em sala de aula, aquilo que já faz parte do mundo dos alunos.

Quatro passos para um planejamento de sucesso

1 Planejamento

Tema, contexto e estratégia de ensino

1.1 Escolha do tema

Sonde com a turma o que eles gostariam de estudar/pesquisar. Lembre-se de que a curiosidade deles é fundamental para a execução do projeto!

1.2 O que ensinar?

Conteúdos que pretendo trabalhar:

(Faça uma lista breve dos conteúdos que selecionou para o projeto/sequência didática.)

Ao final do projeto/sequência didática, espero que meus alunos sejam capazes de:

(Relacione competências, habilidades, procedimentos e conteúdos que espera que os alunos saibam ao final do projeto.)

1.3 Como ensinar?

Definição dos objetivos de ensino	Materiais e estrutura	Cronograma
Uma ou duas linhas para cada um	Para cada objetivo	Quantidade de aulas e datas

2 Diagnóstico

Diagnóstico dos saberes dos alunos

2.1 Para a investigação dos conhecimentos prévios, selecionei os seguintes conteúdos:

____

2.2 Vou cessar o conhecimento prévio de meus alunos por meio da(s) seguinte(s) atividade(s):

(Proponha uma ou mais atividades objetivas e pontuais. Não leve muito tempo nesse levantamento e, ao responder, defina estratégias e instrumentos.)

2.3 Concluí que meus alunos já sabem:

2.4 Eu preciso ensiná-los a:

3 Desenvolvimento de atividades

3.1 Objetivos de ensino e breve descrição das atividades

3.2 Materiais e estrutura

(Para cada objetivo)

3.3 Organização dos alunos

(Agrupamentos)

3.4 Cronograma

(Quantidade de aulas e datas)

3.5 Desenvolvimento das atividades

(Breve análise ou observações gerais sobre cada uma)

4 Avaliação

Avaliação da aprendizagem e do processo educativo

4.1 Reflexões gerais sobre a prática

Em uma avaliação geral do projeto/sequência didática, observo os seguintes ganhos:

Contudo, ainda posso aprimorar/rever esses pontos:

4.2 Avaliação das aprendizagens de cada aluno

Para avaliar as aprendizagens de cada aluno, utilizei os seguintes instrumentos:

Após uma análise de desempenho deles e considerando minhas expectativas de aprendizagem, concluí que, de modo geral, o grupo aprendeu:

Planejamento fotográfico a partir de Toledo, 2012

Dialogando o planejamento pedagógico para ensino da arte com os outros componentes curriculares da grade, como, Geografia, Biologia, Sociologia e História, desbravei com os estudantes os detalhes do olhar fotográfico de 20 países.

Observando as fotografias do livro, elenquei algumas características mais marcantes desses 20 povos para serem exaltadas na hora de fotografar os alunos.

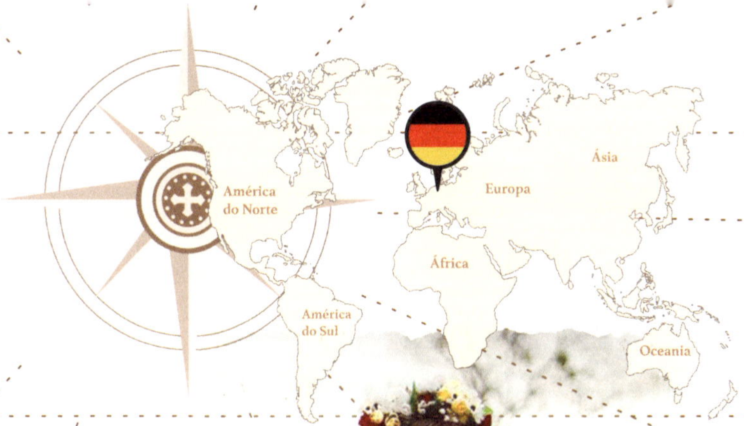

Alemanha

Descrição: Povo de maioria branca, cabelos loiros e olhos claros. Valorizam os trajes típicos.

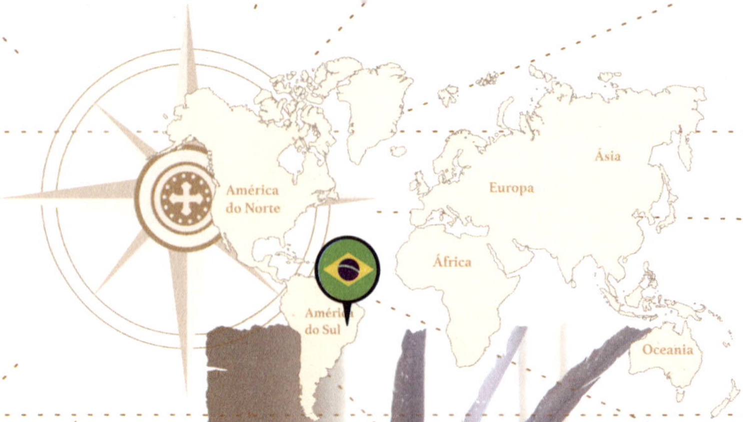

Brasil

Descrição: Povos de pele marrom e estatura baixa. Alguns povos realizam lindas pinturas corporais que os identificam. Utilização de adornos como cocares, colares e braceletes com penas de aves.

Foto: Toledo, 2012.

China

Descrição: De pele amarela* e olhos puxados, sua maioria apresenta cabelos lisos e escuros. As atrizes usam maquiagem carregada e dramatizam feitos históricos.

N.R: Pessoas do leste asiático ou descentes são declaradas pessoas amarelas.

Escócia

Descrição: Conhecida como a terra dos castelos, sua população concentra o maior número de ruivos do mundo, cerca de 14%.

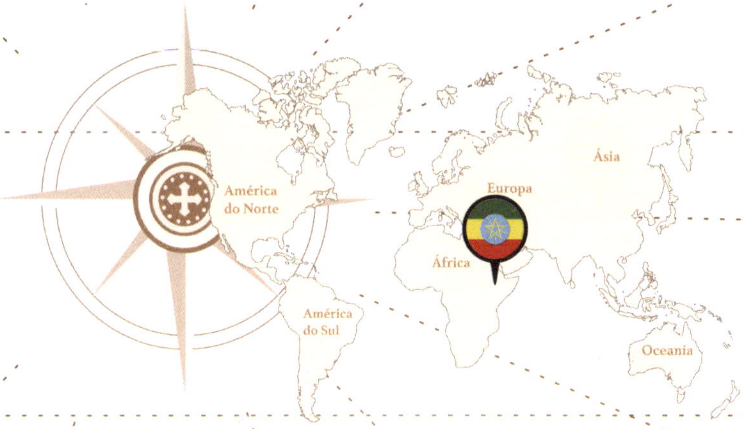

Etiópia

Descrição: Povos semi-nômades conhecidos como Mursi, apresentam pele escura e cabelos crespos. Utilizam pele de animais como vestimentas, além de coloridos colares.

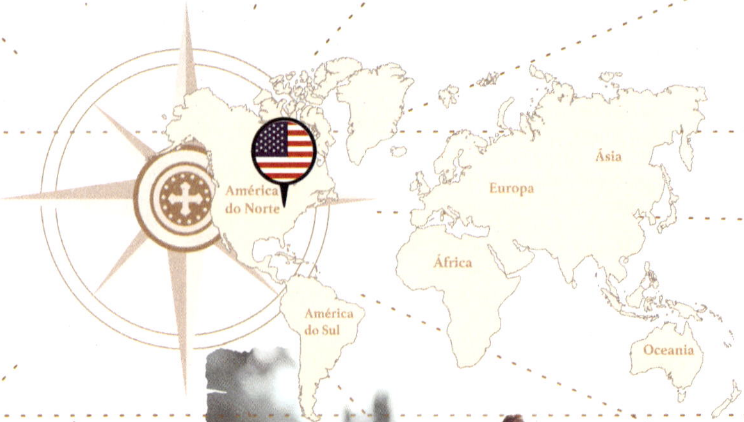

Foto: Toledo, 2012.

EUA

Descrição: Esses indígenas norte-americanos são conhecidos por usarem uma pena na cabeça. Apresentam pele clara ou vermelhadas, seus olhos são semicerrados e cabelos castanhos lisos e compridos.*

N.R: A descrição é sobre o povo indígena PowWow, nação utilizada como exemplo no projeto.

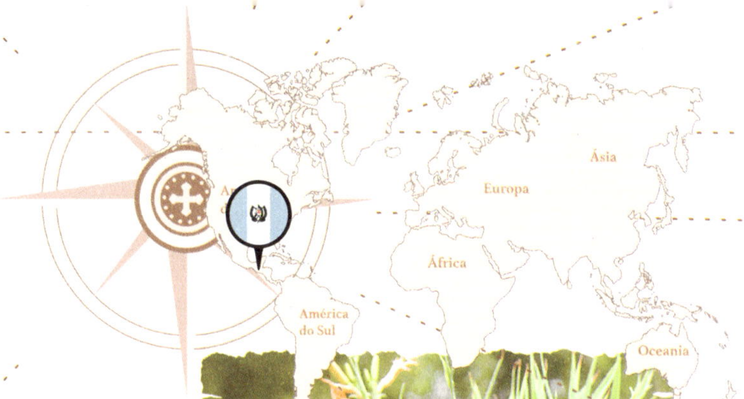

Foto: Toledo, 2012.

Guatemala

Descrição: População formada principalmente por indígenas descendentes dos antigos Maias. Usam vestimentas ricamente coloridas e túnicas tecidas à mão.

N.R: A Guatemala também sofreu colonização de europeus, portanto existe tanto presença negra como miscigenação na sua formação.

Havaí

Descrição: Famoso pela Hula, dança com passos que lembram os movimentos das ondas do mar. As mulheres havaianas usam longas saias de fibras naturais, além de colares de flores coloridas.

N.R: O Havaí é um estado que faz parte dos Estados Unidos, no entanto o autor utilizou-o como um dos grupos étnico-raciais selecionados para o projeto.

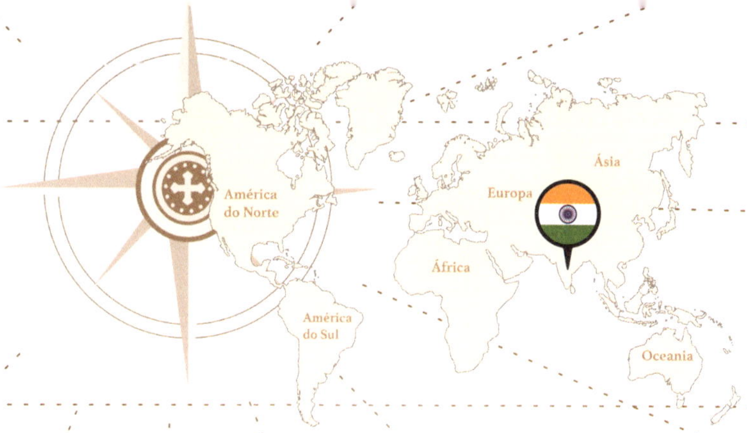

Foto: Toledo, 2012.

Índia

Descrição: Sua numerosa população apresenta pele escura, porém diferente da africana. Cabelos lisos e negros também são comuns. As mulheres usam ricos colares, brincos e pulseiras.

N.R: Indianos são asiáticos e não negros. Mas ao contrário do leste asiático, indianos são considerados *brown people*.

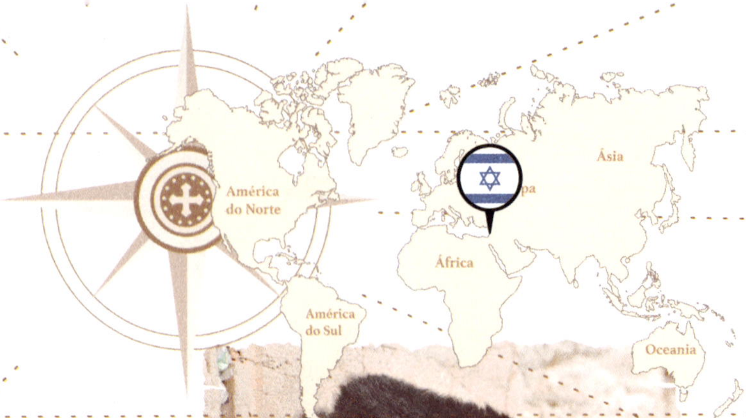

Foto: Toledo, 2012.

Israel

Descrição: Centro espiritual de grandes religiões como o judaísmo, o islamismo e o cristianismo, é comum, entre os judeus ortodoxos, ver homens usando longas barbas e dois cachinhos de cabelos na altura das orelhas.

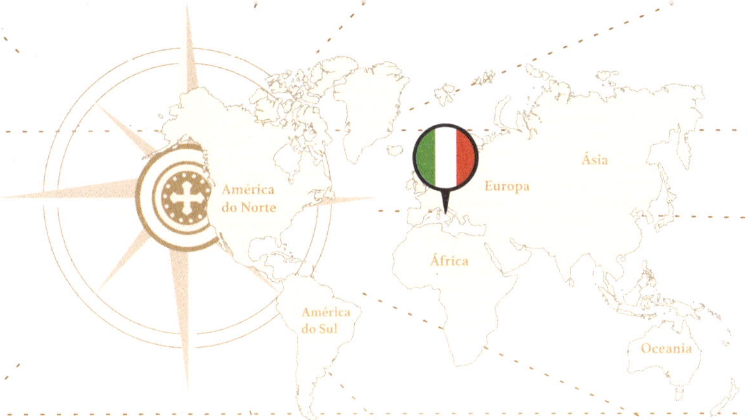

Itália

Descrição: Povo alegre, divertido e comunicativo, de olhos e cabelos escuros, estatura mediana-baixa. Cultivam reuniões familiares.

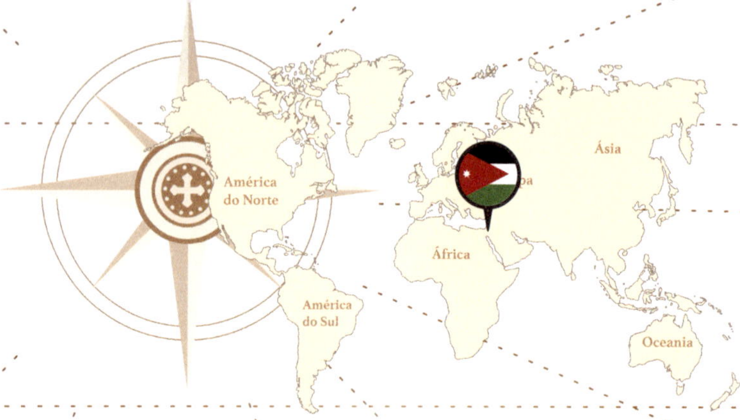

Foto: Toledo, 2012.

Jordânia

Descrição: Embora já não seja mais algo corriqueiro lá, a Jordânia é conhecida pelo uso da burca, vestimenta feminina que cobre todo o corpo, deixando apenas os olhos à mostra. São de estatura média e pele olivácea.

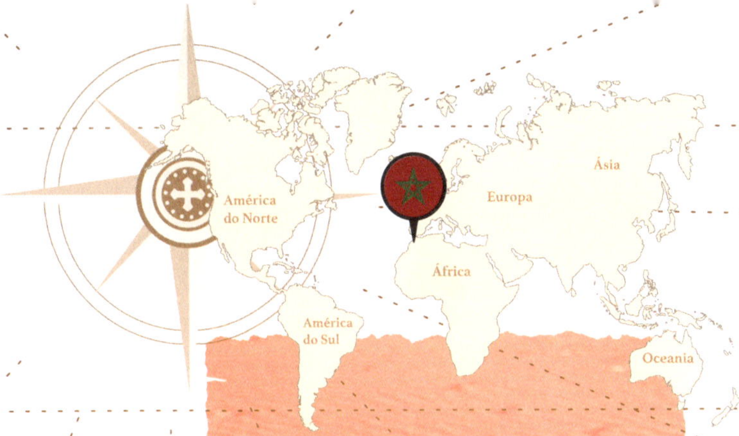

Foto: Toledo, 2012.

Marrocos

Descrição: Os homens Tuaregues, também chamados de "piratas do deserto", não desprezam o uso de um véu característico, o tagelmust. Apresentam rosto e nariz alongado e pele bronzeada, adaptada às altas temperaturas do deserto.

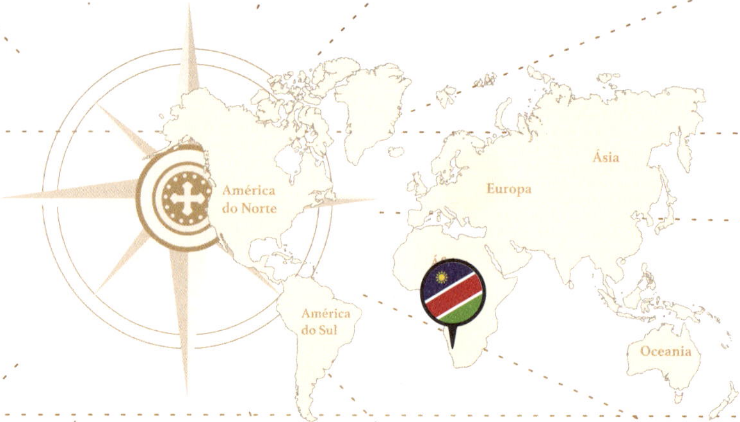

Foto: Toledo, 2012.

Namíbia

Descrição: Pele negra, cabelos crespos e nariz largo. As mulheres untam a pele e cabelo com um pó de pedra vermelha da região para se proteger dos raios solares, da secura do ar e dos mosquitos.

Foto: Toledo, 2012.

Nova Guiné

Descrição: Os habitantes vivem em pequenas regiões isoladas e cada grupo tem tradições e línguas diferentes. Os nativos têm por costume pintar seus corpos com argila colorida. Além de seus rituais e coreografias com raízes ancestrais, eles demonstram um profundo respeito à natureza.

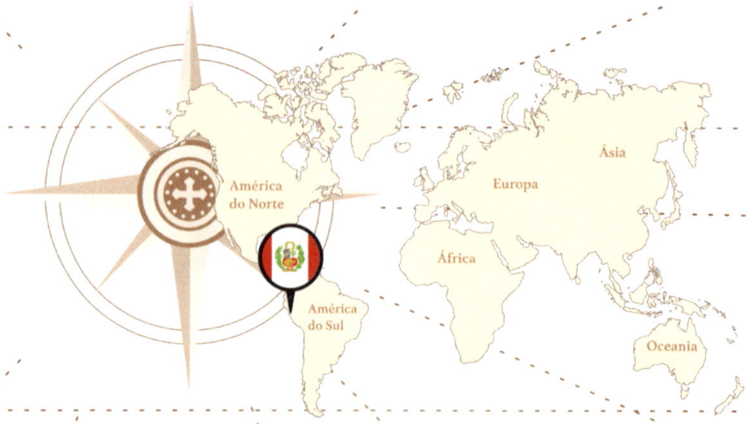

Peru

Descrição: As longas tranças, chapéu de palha e saias coloridas fazem parte das vestimentas características das mulheres desta região. Elas têm estatura baixa e olhos negros semicerrados.

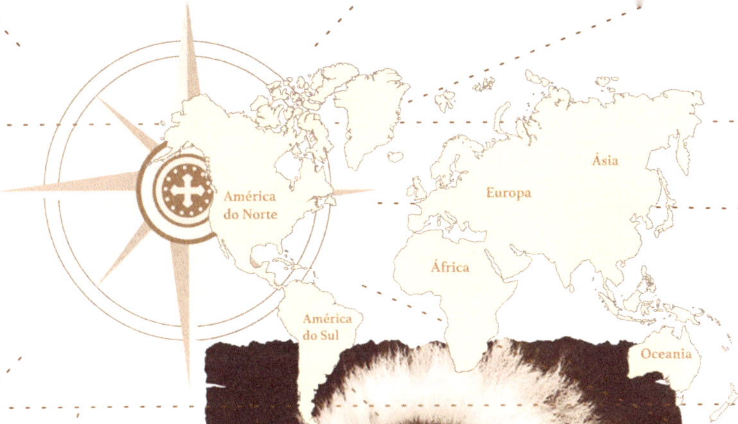

Polo Norte

Descrição: Povos nômades de pele bastante clara, utilizam espessas pele de animais para se aquecerem do frio congelante do Polo Norte.

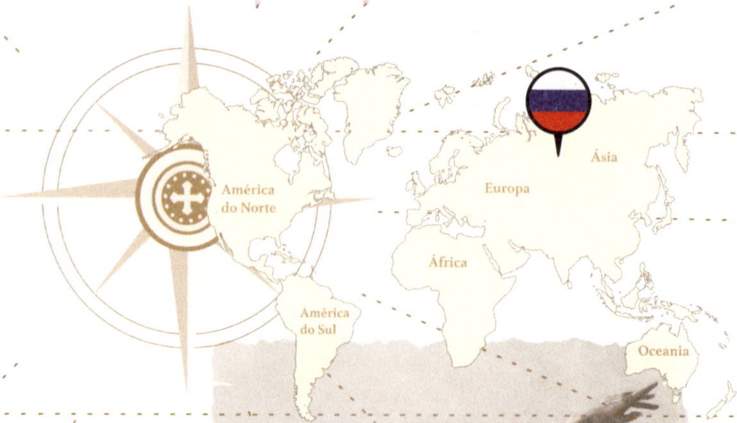

Rússia

Descrição: Rosto alongado e corpos longilíneos. Conhecida como a terra do balé, valoriza postura, disciplina, beleza, harmonia e simetria.

Foto: Toledo, 2012.

Tailândia

Descrição: As mulheres usam uma espiral de cobre em volta do pescoço, que pode pesar até 10kg.

Foto: Toledo, 2012.

Tibet

Descrição: Rosto arredondado e olhos alongados são as características mais marcantes desse povo de religião budista.

No decorrer de todo o trabalhado, à medida em que estudantes, professores, pais e a comunidade local e outros parceiros da educação iam se envolvendo, começamos a perceber o resultado na formação, desenvolvimento e comprometimento de todos, principalmente dos alunos, visto que, com o ano letivo finalizado e pós-Exame Nacional do Ensino Médio, muitos estudantes conseguiram passar para universidades, afetando positivamente seus futuros através da educação ativa e protagonista.

Projeto Etnias do Mundo: relatando minha experiência

"O novo assusta, mexe com a base, mas quando a gente mostra o resultado, os estudantes confiam..." Jayse Ferreira

Tendo como norte a questão étnico-racial levantada nas aulas de Arte a respeito do preenchimento do formulário socioeconômico do ENEM, me surgiu a ideia de traçar um plano de ação que pudesse ser aplicado nas minhas aulas.

Alunos do Professor Jayse Ferreira — Foto: Arquivo Pessoal

Pesquisando, descobri o livro de fotografias do Alejandro Szanto de Toledo da USP como já detalhado. A obra retrata diversos povos dos cinco continentes, ressaltando sua cultura e seus costumes. Logo tratei de comprá-lo. Era o que faltava para dar o pontapé inicial do projeto. Com o livro em mãos, fui observando todos os alunos da escola, procurando neles alguns traços fisionômicos que se assemelhassem com os povos retratados.

Foi realizada uma pesquisa sobre como eles se consideravam etnicamente e se já tinham sofrido bullying, racismo ou preconceito por conta de sua cor e de seus traços fisionômicos. Esta foi aplicada pelas alunas do 3ª série sob a coordenação da professora de Biologia e, em seguida, fizeram o levantamento dos dados coletados.

Foto: Arquivo Pessoal.

Os alunos que se assemelhavam com as etnias previamente identificadas no livro foram reunidos na biblioteca da escola para combinarmos onde, quando e como se daria todo o processo de fotografia de cada um. Na ocasião, foram indagados se gostariam de ser fotografados e se estariam de acordo. Aqueles que aceitassem de imediato já levariam para os pais um termo para que eles autorizassem o uso da sua imagem, já que os estudantes eram menores de 18 anos.

Inicialmente, reunimos todos os alunos na biblioteca da escola para que eles tomassem conhecimento do projeto e de seus principais objetivos:

- Enfatizar, por meio da arte fotográfica, a importância da memória cultural de um povo, trazendo para esses jovens o orgulho dos seus traços e curiosidade das suas raízes culturais.
- Promover uma reflexão sobre a importância das raízes culturais de um povo, no sentido da afirmação de sua identidade e pertinência a sua região cultural. Por meio de uma troca construtiva de ideias, os alunos também puderam opinar para incrementar a execução da proposta apresentada.

Como no ano passado eu já tinha realizado um projeto de fotografias que visava descobrir sósias de artistas ou de famosos em nossa escola, não foi difícil encorajá-los a participar.

QR code para acessar a reportagem.

Por meio das imagens do livro, procurei mostrar-lhes que todos poderiam participar, pois, no mundo inteiro, há pessoas de todas as formas físicas - altas, baixas, magras, gordas - e isso não seria empecilho algum para aqueles que não se encaixavam no padrão de beleza imposto pela sociedade da moda ou comercial. O trabalho do Alejandro Szanto de Toledo teve um papel muito importante, pois retratava os povos de uma forma bela, independente da etnia ou da classe social. Eles ficaram encantados com a possibilidade de serem reproduzidos tão primorosamente quanto às fotos da obra.

Uma aluna da 1ª série D, Maria Heloíza, disse:

- Professor, por que o senhor me escolheu? Eu sou nega do cabelo ruim, acho que não vai ficar legal! Eu não sou bonita!

Logo procurei mostrá-la que ser negra do cabelo crespo não era vergonhoso, essa era uma característica da sua raça, a qual é digna de ser exaltada como as demais. A foto final dessa aluna se tornou uma das mais belas do projeto, inclusive foi a capa da reportagem publicada no site da Secretaria de Educação de Pernambuco.

Secretaria de **Educação e Esportes** | PERNAMBUCO

EREM Frei Orlando realiza sua 3º Mostra de Arte Fotográfica

Atividade apresentou etnias de 20 regiões do mundo

Assessoria de Comunicação - 11/09/2014 18:32h

A Escola de Referência em Ensino Médio (EREM) Frei Orlando, localizada em Itambé, na Mata Norte, realizou, na última quarta-feira (10), mais uma edição do projeto "Eu Sou uma Obra de Arte", desta vez conjugado com a 3º Mostra de Arte Fotográfica – Etnias do Mundo. A mostra aconteceu na Biblioteca Municipal Alcides Carneiro, em Pedra de Fogo, na Paraíba, envolvendo todo o ensino médio e cerca de 20 estudantes caracterizados como povos de 20 diferentes regiões do mundo.

O projeto tem como objetivo realizar uma reflexão sobre a importância das raízes culturais de cada povo. "Essas fotografias mostram a importância da memória cultural de um povo, trazendo para esses jovens o orgulho de suas raízes culturais e tornando-os disseminadores da valorização da diversidade cultural", pontua o professor de arte responsável pelo projeto, Jayse Antônio da Silva.

A exposição retratou indivíduos das seguintes regiões ou países:Alemanha, Itália, Rússia, Jordânia, Namíbia, Tailândia, Guatemala, China, Havaí, Polo Norte, Israel, Tibete, Peru, Marrocos, Brasil, Índia, Estados Unidos, Nova Guiné, Etiópia e Escócia.

Na ocasião também foi exibido um filme sobre as culturas de cada nação e suas diferenças. "Além do envolvimento dos estudantes no projeto, também contamos com o apoio incondicional dos pais, dos comerciantes, que colaboraram com figurinos e joias, e profissionais da área de filmagens. Essa parceria foi crucial para o sucesso da mostra", acrescenta Jayse. A EREM também realizou uma pesquisa com 258 estudantes da unidade, em que foi levantado que 25 consideram-se negros, 53 brancos, 177, pardos ou mestiços e três, indígenas.

Fonte: Site da Secretaria de Educação de Pernambuco, 2014

O projeto teve início no mês de maio com a elaboração e aplicação do questionário com alguns alunos da escola a respeito da sua raça/etnia.

Dos 340 alunos daquele ano da escola, fizeram parte da amostragem cerca de 258. Verificamos que 25 deles consideravam-se negros, 53 brancos, 177 pardos ou mestiços e 3, indígenas. Embora mais de 90% dos alunos não acreditem que uma raça seja superior à outra, um fator preocupante é que 57% dos educandos tenham sofrido alguma forma de racismo.

De posse desses dados, que demonstraram que mais da metade de nossos educandos sofriam alguma forma de preconceito decorrente de seus traços fisionômicos, deparamo-nos com o nosso primeiro desafio: como reverter esse quadro alarmante de intolerância e desvalorização das diferenças? A solução encontrada foi promover um grande evento que destacasse e valorizasse todo tipo de etnia presente em nossa escola, uma grande exposição fotográfica, onde esses alunos pudessem ser o centro das atenções, ou como o próprio título do projeto diz, ser uma obra de arte!

O passo seguinte foi a análise minuciosa do livro fotográfico, adquirido exclusivamente para essa finalidade. A cada página que folheávamos, iam surgindo ideias de qual aluno poderia representar determinada etnia. De posse do livro, fui de sala em sala perguntando se esse determinado(a) aluno(a) aceitaria ser fotografado tal qual a foto do livro.

Os demais colegas de sala incentivaram os convidados a aceitarem, pois concordavam que ele ou ela tinham mesmo semelhanças físicas com a fotografia.

Foto: Toledo, 2012.

Logo, surgiu a ideia de que na classe onde houvesse alunos selecionados, eles pesquisariam sobre o povo que retratariam. E assim foi feito. Todas as dez turmas participaram da pesquisa dos 20 grupos étnicos-raciais contemplados pelo projeto.

Para o desenvolvimento das propostas do projeto, contamos com várias pesquisas que visavam a identificação das principais características raciais que foram previamente elegidas como aquelas presentes no espaço escolar.

Os alunos passaram a observar com maior rigor os traços fisionômicos que marcam a identidade de determinado povo (nariz, olhos, boca, formato do rosto, tons de pele etc.)*. Logo perceberam que a formação da pluralidade étnico-racial brasileira não se resume apenas a negros, brancos, índigenas e miscigenados. Começaram a reconhecer, em seu meio, pessoas que detinham fortes traços de determinada cultura.

Em cada encontro, houve muitas discussões, debates, leituras e análises de fotografias que o livro não contemplava. Também houve exibições de filmes para mostrar, de maneira mais real, os costumes, a cultura e a forma de viver e de se vestir dos grupos étnicos-raciais estudados.

Por conseguinte, nos reunimos para planejarmos como seria feita a execução das fotos e para elencar os materiais que seriam necessários para conseguir o efeito desejado.

Atendendo aos objetivos do Projeto Político Pedagógico de nossa unidade de ensino, procuramos estimular, por meio de ações dentro de nosso projeto, a participação da comunidade nos trabalhos como forma de tornar o espaço escolar mais democrático, aberto e participativo.

Dentro desse contexto, surgiu a ideia de estabelecermos algumas parcerias com profissionais locais que nos ajudariam na maquiagem e na fotografia. Não foi difícil conseguirmos tais parcerias, visto que os próprios alunos foram sugerindo o nome de pessoas de sua família para serem voluntários.

Em seguida, com os nomes já determinados, fizemos o convite ao fotógrafo Laétte Neto, tio da aluna Maria Clara, do 1ª série A, o qual estendeu o convite a sua equipe de trabalho, formada pela maquiadora Sayury Matsubara e pelo *personal stylist* Lázaro Fernando, que cuidou de parte do figurino dos estudantes.

N.R: Toda parte de traços físicos citados é raça. Etnia vem de traços culturais. Traços físicos não representam grupo étnico, o trabalho do projeto é mais de aproximação do que de fato reconhecer a etnia dos alunos.

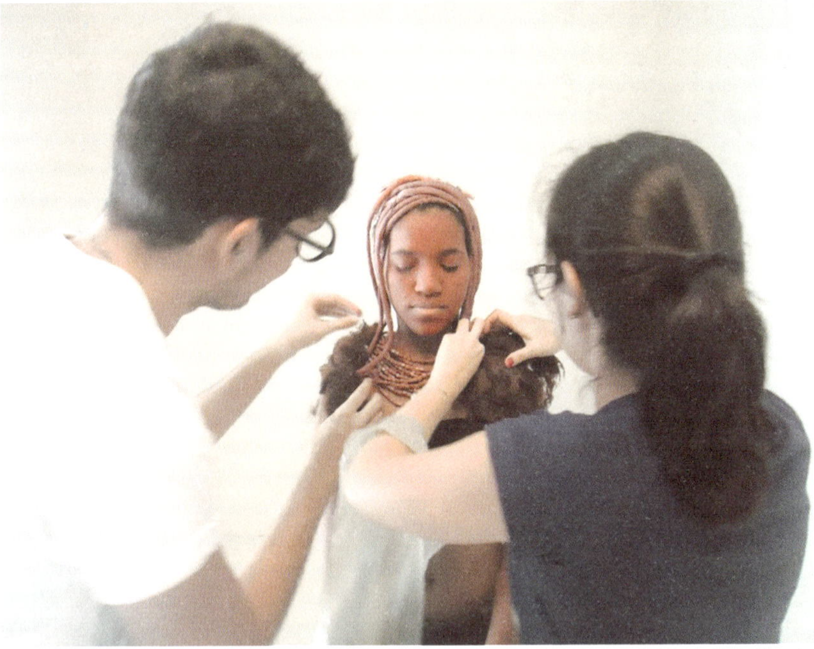

Foto: Arquivo Pessoal Professor Jayse Ferreira

No encontro seguinte, o fotógrafo deu uma breve orientação sobre luz, enquadramento e outras técnicas usadas para uma boa fotografia, ampliando assim o conhecimento dos alunos sobre essa arte.

Mesmo contando com o apoio dos profissionais voluntários, tivemos alguns percalços, a exemplo dos figurinos, pois em algumas roupas, na maioria das vezes, tivemos que adaptar, grampeando e colando pedaços de tecidos. Porém, com muita criatividade, conseguimos superar esses obstáculos.

A maioria dos alunos do projeto não tinha condições financeiras de arcar com as despesas de seu figurino, mas, de forma solidária, foi arrecadado com os professores a quantia suficiente para pagar o tecido e a costura de alguns. Vendo as dificuldades para confeccionar os figurinos, a professora de Geografia, Fabíola Romão, sugeriu que fôssemos ao comércio local (lojas, boutiques, armarinhos) a fim de convidá-los a participarem do projeto como parceiros. Esses estabelecimentos entrariam com o empréstimo de seus acessórios variados e, em troca, divulgaríamos o nome da loja.

Parcerias com os comerciantes locais — Foto: Arquivo Pessoal

Com os acessórios e figurinos organizados, começamos as sessões fotográficas. De início, utilizamos o espaço de nossa escola como cenário para algumas fotos, mas logo percebemos que, em outras, seria necessário um cenário diferenciado, que fosse característico da etnia retratada. Como exemplo o Havaí, que deveria ter como locação uma praia, e o mesmo aconteceu com Marrocos, que tem como plano de fundo um deserto.

Para atender a essas necessidades, escolhemos alguns locais que poderiam nos servir de cenário apropriado para o que queríamos retratar e que também fossem próximos a nossa cidade, já que não dispúnhamos de recursos financeiros suficientes para arcar com as despesas de longas viagens.

Para contornar essa problemática, mais uma vez, contamos com o apoio incondicional dos demais professores, que se dispuseram a levar alguns alunos em seus próprios carros. Com isso, pudemos fazer uma programação de viagens com os seguintes destinos: Recife, João Pessoa, Praia de Pitimbu e Pedra do Ingá. Os alunos ficaram encantados e entusiasmados com a possibilidade de viajar e conhecer novos lugares.

Dia	Cidade	Alunos	Etnia	Locação
28/07	Recife	Ysamara Sousa (2ºA)	Chinesa	Restaurante KIM SAM no bairro Boa Viagem
		Bárbara Andrade (1ºA)	Alemã	Deutscher Klub Alemão do Recife, bairro Parnamirim
04/08	João Pessoa	Joanna de Angelis (1ºB)	Italiana	Ristorante Famíglia Muccini, bairro Tambaú.
		Vitória da Paz (1ºB)	Russa	Centro Cultural São Francisco, bairro Centro.
		José Heitor (2ºB)	Judeu	Casa da Pólvora, Centro.
18/08	Praias	Othávio Lucindo (2ºC)	Marroquino	Praia Bela – PB
		Josélia e Alice Albuquerque e Bruno Nascimento (3ºB)	Havaianos	Praia Azul - PB
25/08	Ingá	Júlia Emilly (3ªA)	Brasileira	Sítio Arqueológico Pedra do Ingá - PB

Quando estávamos prestes a concluir o processo fotográfico, veio em mente a ideia de fazer um vídeo para circular nas redes sociais, convidando as pessoas da nossa cidade para prestigiarem a exposição do projeto. Ao compartilhar essa ideia com nossos alunos, descobrimos que o tio da aluna Layla Rodrigues, da 1ª série B, trabalhava com filmagens e ela achava que ele aceitaria participar do projeto. Logo, tratei de entrar em contato com ele, que aceitou prontamente o convite, dispensando o pagamento de seus serviços.

Na semana seguinte, já iniciamos as gravações, o que exigiu mais uma vez a caracterização de todos. As filmagens, apesar de curtas, levaram cerca de dois encontros para serem concluídas. O passo seguinte foi a inserção do áudio que relatava as principais características dos países.

Gravação do vídeo pelo tio de uma das alunas.
Foto: Arquivo Pessoal.

Aluna Viviane da 3ª série fazendo a narração do vídeo
Foto: Arquivo Pessoal

Para isso, ficou encarregada a aluna Viviane Andrade, do 3ª série C, dona de uma excelente dicção, para fazer a gravação, que durou cerca de trinta segundos por etnia, totalizando dez minutos.

Com esse material em mãos, lançamos o teaser (pequeno comercial) nas redes sociais. Este teve uma grande repercussão e, em menos de uma semana, foi compartilhado e visualizado por mais de 900 pessoas. Com o enorme sucesso do comercial, aumentou a ansiedade dos alunos que, até então, não tinham visto as fotos impressas e o vídeo pronto.

QR code para acessar
o teaser do projeto.

Por conseguinte, elaboramos um convite que refletisse a temática do evento. Ele apresentava a parte externa toda de madeira de compensado, com inscrições feitas com a técnica da pirografia (máquina que queima a madeira), aprendida em aulas anteriores, e ao ser aberto, via-se dentro uma impressão em papel cartão com as informações do evento, que foram entregues nas escolas da cidade e da cidade vizinha.

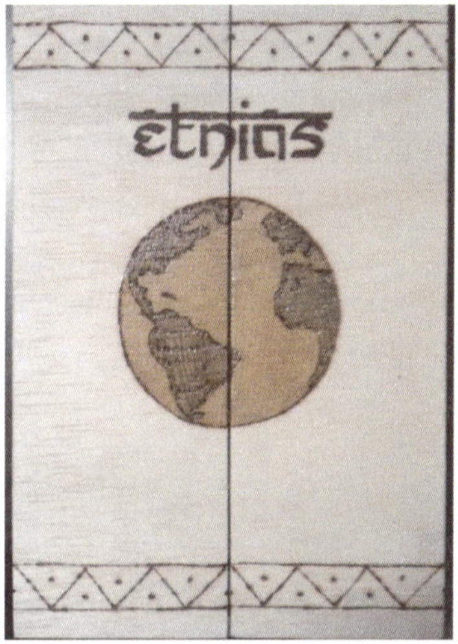

Foto: Arquivo Pessoal

Um dia antes da exposição, reuni os alunos e mostrei-lhes o resultado de meses de trabalho: as 20 fotos impressas, cada uma em tamanho A3. Eles nem puderam acreditar que eram eles próprios que estavam ali. Todos ficaram orgulhosos e maravilhados com a semelhança entre eles e os povos com os quais estavam representando.

A aluna Maria Heloiza, que antes tinha exposto que não se sentia segura em ser fotografada para uma exposição, por não se achar bonita e temer a reação dos colegas da escola, se surpreendeu com os elogios recebidos por sua beleza e expressividade captada na foto.

Foto: Arquivo Pessoal

A culminância do projeto aconteceu no dia 10 de setembro de 2014, na Biblioteca Municipal Alcides Carneiro, situada na cidade vizinha de Pedras de Fogo, uma vez que, em nossa cidade, não dispúnhamos de um espaço adequado para abrigar a exposição.

Para a realização da mostra fotográfica, foi necessário um trabalho em conjunto. Reunimo-nos e dividimos as equipes que ficaram responsáveis pela:

- **Divulgação do evento:** os quais deveriam sair às ruas para fazer a panfletagem nas cidades;
- **Organização:** os responsáveis deveriam arrumar o local da exposição;
- **Ornamentação:** responsável pelo layout das fotos no ambiente;
- **Recepção:** responsáveis pelo acolhimento do público;

• **Explanação:** juntamente com o professor, explicariam o projeto para os visitantes.

• **Apoio geral:** equipe formada pelos auxiliares de serviços, encarregados pela limpeza e organização do ambiente.

Chegado o grande dia, as portas da biblioteca foram abertas às 8 horas da manhã para receber os visitantes. Contamos com a presença de centenas de pessoas, incluindo alunos, familiares, amigos e visitantes de escolas de cidades da região.

Exposição – Foto: Arquivo Pessoal

Ao entrarem, os visitantes se deparavam com os nossos alunos juntos de suas respectivas fotos e recebiam informações detalhadas a respeito daquela etnia. Além disso, havia um cartaz com o mapa-múndi indicando a exata localização geográfica do país, fotos de seus moradores locais e um texto de fácil compreensão, didaticamente pensado para as escolas de Ensino Fundamental. Os visitantes também tiveram oportunidade de assistirem ao vídeo completo.

Na exposição, tivemos a grata satisfação de receber a equipe da revista educacional ACENE Para o Conhecimento, que gentilmente atendeu ao nosso convite para cobrir o evento. Os alunos ficaram empolgadíssimos com a notícia de que seriam matéria dessa revista na edição seguinte. O fotógrafo da ACENE registrou todo o evento e tirou foto de cada aluno, as quais foram utilizadas pela escola no calendário de 2015, como forma de valorizar ainda mais o trabalho dos alunos.

Acreditamos que o novo assusta, mexe com a base, mas quando a gente mostra o resultado, os estudantes, a comunidade escolar e as famílias passam a confiar.

Detalhamento do processo criativo para elaboração das fotografias do projeto "Etnias do mundo", a partir de Jayse Ferreira, 2014

Foto: Laette Neto

Alemanha

Aluna: Bárbara Priscila
Deustscher Klub - Clube Alemão do Recife

Foto: Arquivo Pessoal.

Foto: Arqu.vo Pessoal.

Foto: Laerte Neto

Brasil

Aluna: Júlia Emelly
Viagem ao Sítio Arqueológico Itacoatiaras do Ingá, na cidade do Ingá-Paraíba

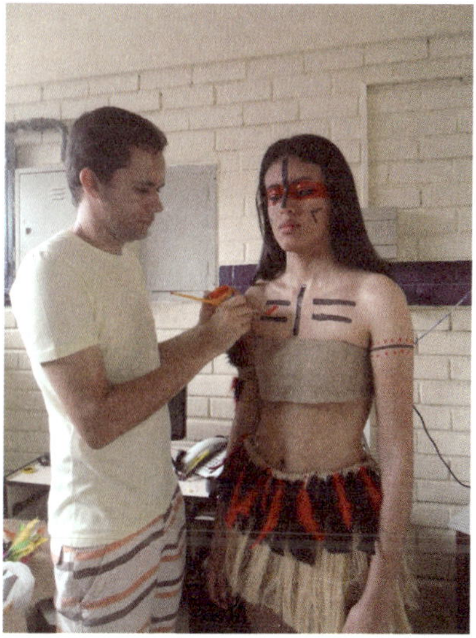

Foto: Arquivo Pessoal.

Foto: Arquivo Pessoal.

Foto: Arquivo Pessoal.

China

Aluna: Ysamara Pereira
Aluna pousando para foto em frente ao restaurante chinês KIM SAM no Recife

Foto: Arquivo Pessoal.

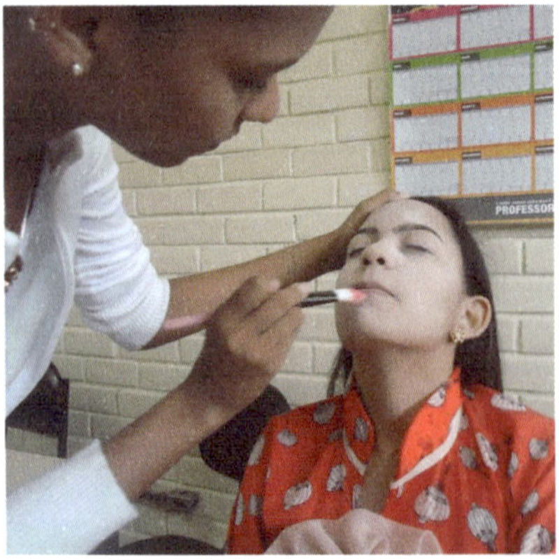

Foto: Arquivo Pessoal.

Foto: Laette Neto

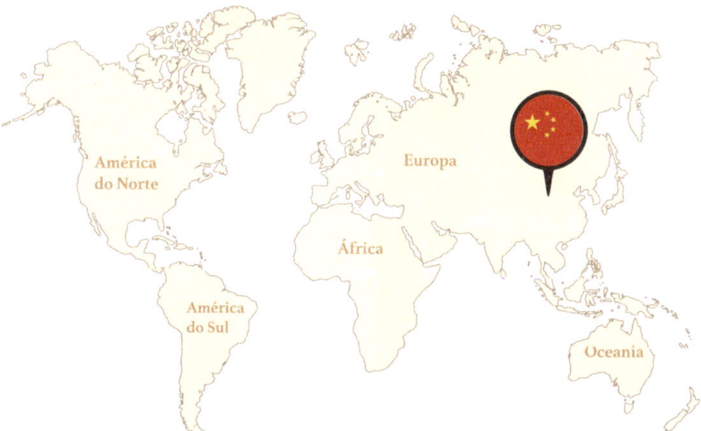

Foto: Laette Neto

Escócia

Professora: Anayde Santos
Casa de eventos "O Castelo",
na cidade do Recife

Foto: Arquivo Pessoal.

Foto: Laette Neto

Etiópia

Aluno: Josivaldo da Silva
Aluno sendo produzido pelos professores no interior da escola

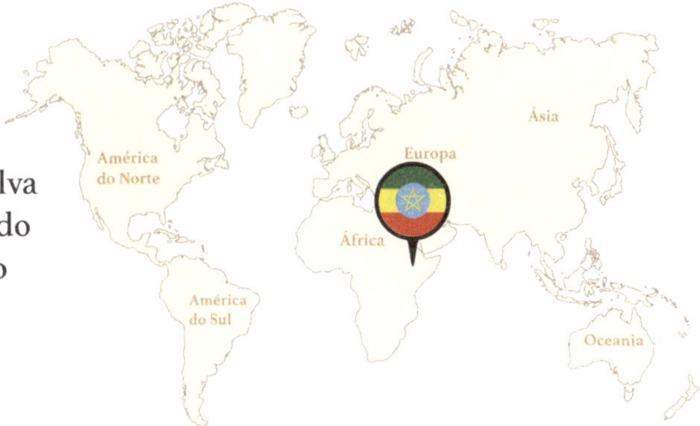

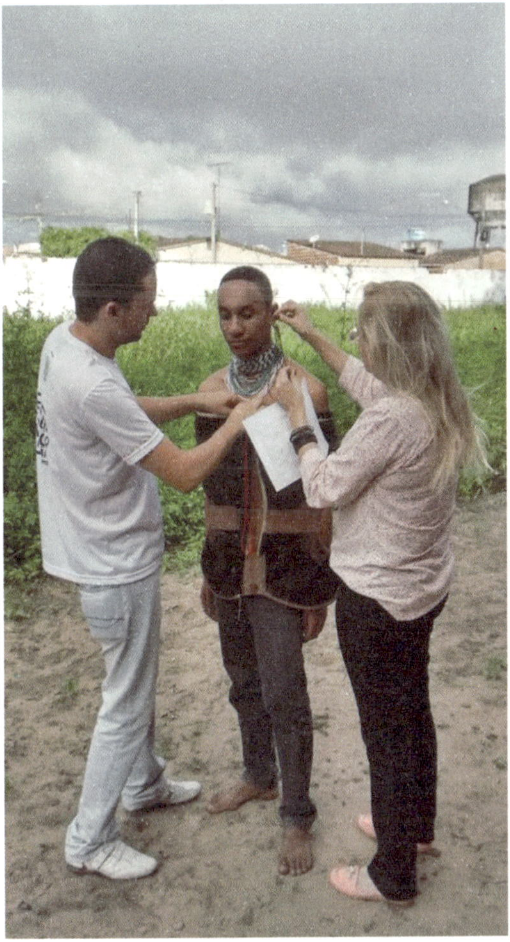

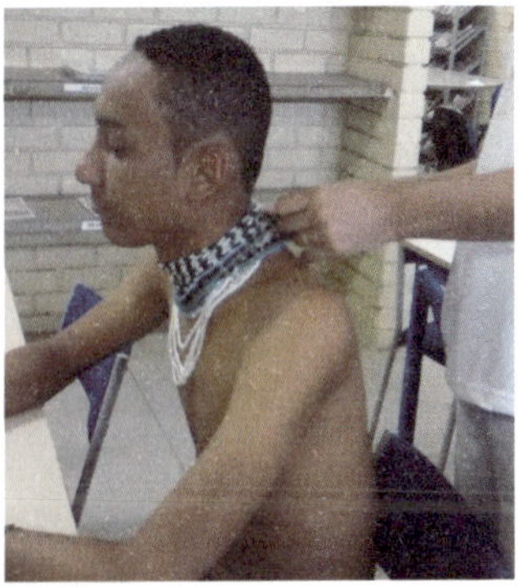

Foto: Arquivo Pessoal.

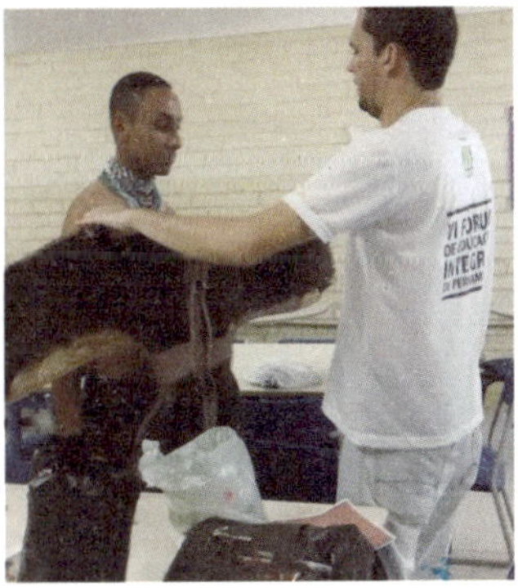

Foto: Arquivo Pessoal.

Foto: Laette Neto

EUA

Aluna: Ana Paula Mendes
Aluna sendo fotografada na área aberta da escola

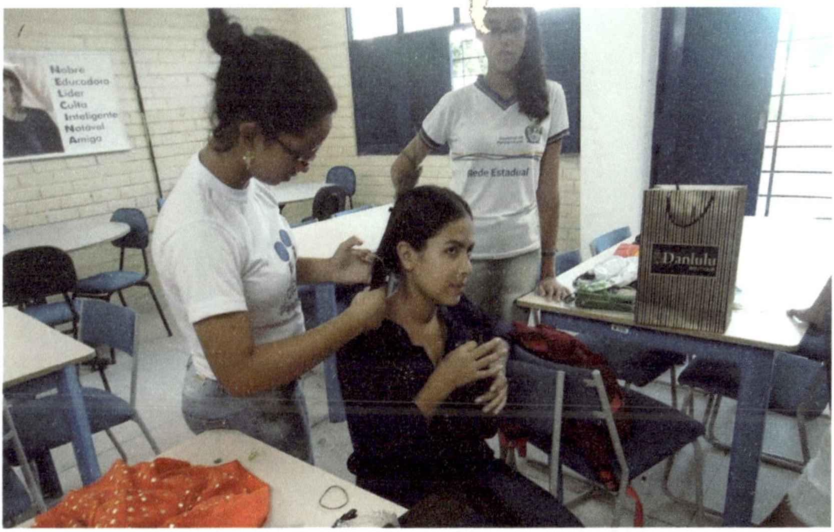

Foto: Arquivo Pessoal.

Foto: Arquivo Pessoal.

Foto: Laette Neto

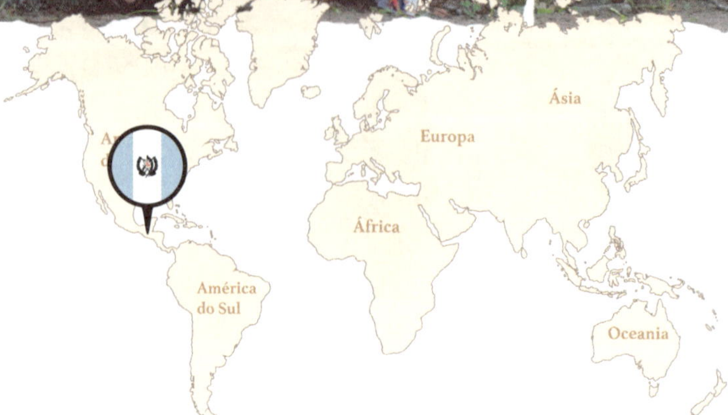

Guatemala

Aluna: Maria Eduarda
Espaço interno da escola

Foto: Arquivo Pessoal.

Foto: Arquivo Pessoal.

Havaí

Alunos: Josélia Albuquerque, Bruno Nascimento e Alice Albuquerque
Praia Azul, litoral paraibano

Foto: Arquivo Pessoal.

Foto: Arquivo Pessoal.

Foto: Laette Neto

Foto: Arquivo Pessoal.

Índia

Aluna: Daniele da Silva
Aluna sendo fotografada na
parte de trás da escola

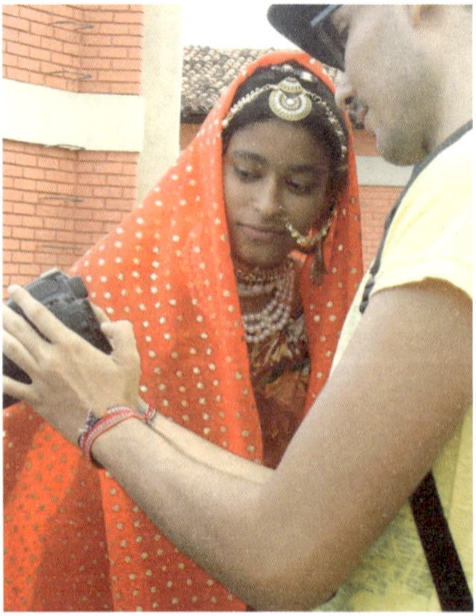

Foto: Arquivo Pessoal.

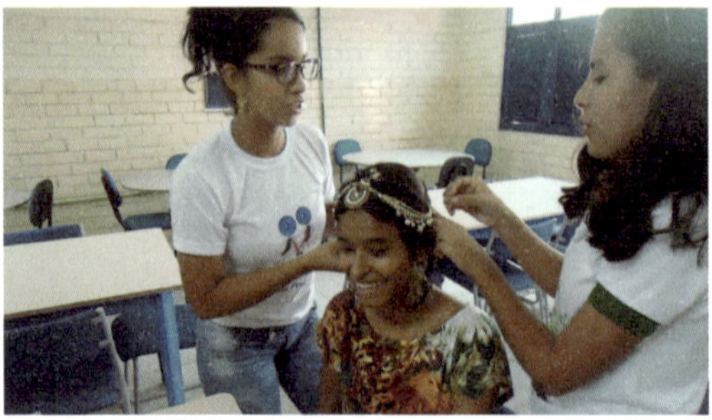

Foto: Arquivo Pessoal.

Foto: Laette Neto

Foto: Laette Neto

Israel

Aluno: José Heitor
Casa da Pólvora, em João
Pessoa-PB

Foto: Arquivo Pessoal.

Foto: Arquivo Pessoal.

Itália

Aluna: Joanna de Angelis
Restaurante Família Mucinni,
João Pessoa-PB

Foto: Arquivo Pessoal.

Foto: Laette Neto

América do Norte
Europa
Ásia
África
América do Sul
Oceania

Jordânia

Aluna: Rafaela Luis
Aluna sendo fotografada
na lateral da escola

Foto: Laette Neto

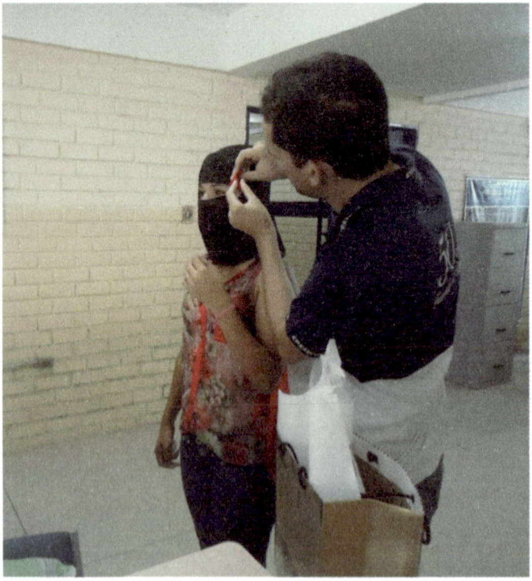

Foto: Arquivo Pessoal.

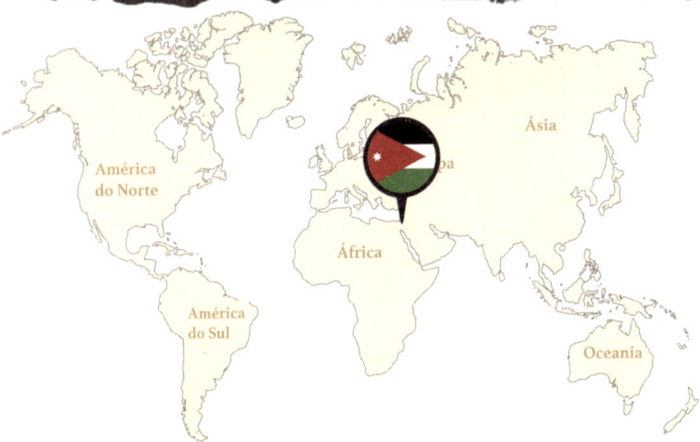
América do Norte
Ásia
África
América do Sul
Oceania

Foto: Laette Neto

Marrocos

Aluno: Othávio Lucindo
Viagem à Praia Bela , litoral paraibano

Foto: Arquivo Pessoal.

Foto: Arquivo Pessoal.

Foto: Laette Neto

Namíbia

Aluna: Maria Heloísa
Aluna sendo maquiada no estúdio fotográfico

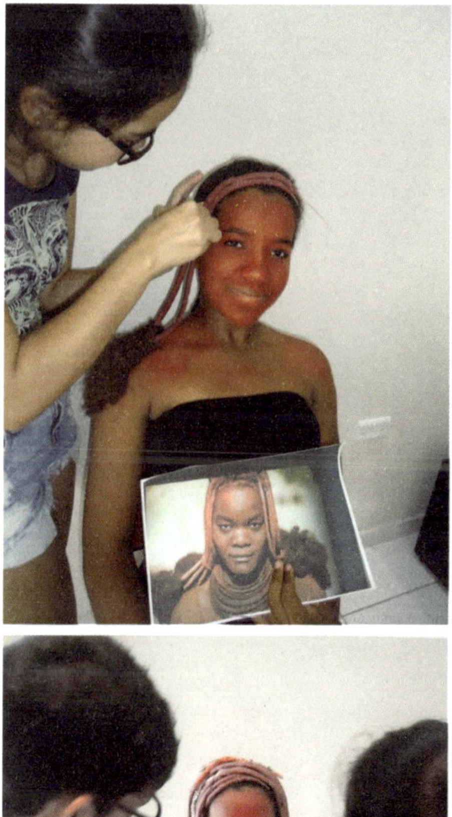

Foto: Arquivo Pessoal.

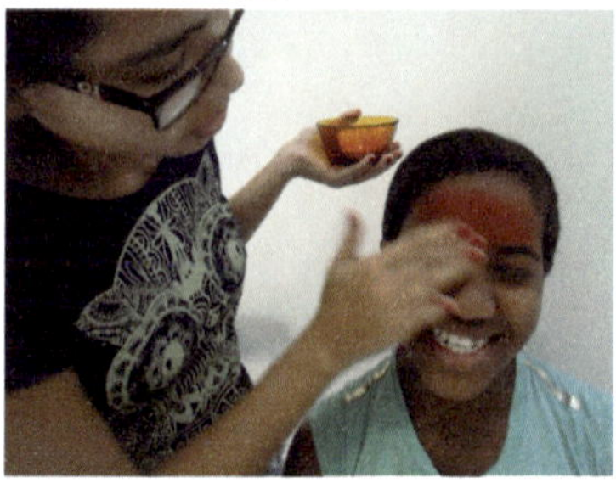

Foto: Arquivo Pessoal.

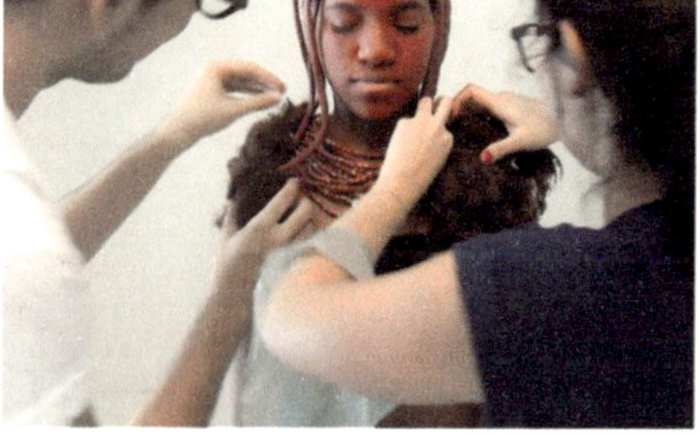

Foto: Arquivo Pessoal.

Foto: Laette Neto

Nova Guiné

Aluno: Albérison Júnior
Aluno sendo caracterizado com argila nas dependências da escola

Foto: Arquivo Pessoal.

Foto: Arquivo Pessoal.

Peru

Aluna: Ana Carla
Casa da Pólvora , em João
Pessoa-PB

Foto: Arquivo Pessoal.

Foto: Arquivo Pessoal.

Foto: Laette Neto

Foto: Arquivo Pessoal.

Foto: Laette Neto

Polo Norte

Aluna: Vivian Gabriela
Aluna sendo fotografada
no estúdio de Laétte Neto

Foto: Arquivo Pessoal.

Foto: Arquivo Pessoal.

Foto: Laette Neto

Rússia

Aluna: Vitória Paz
Mosteiro de São Francisco, centro histórico de João Pessoa-PB

Foto: Arquivo Pessoal.

Foto: Arquivo Pessoal.

Foto: Laette Neto

Tailândia

Aluna: Jéssica Betânia
Maquiagem e foto no pátio da escola

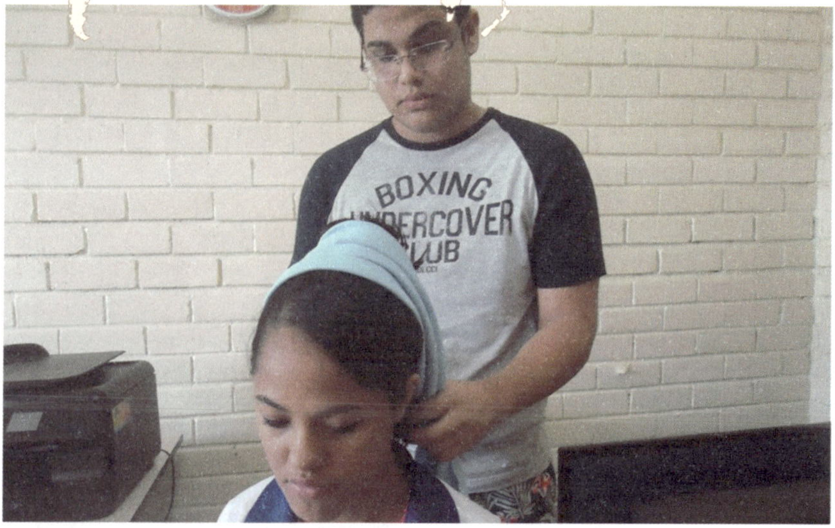

Foto: Arquivo Pessoal.

Foto: Arquivo Pessoal.

Tibet

Aluno: Jorge Luis
Preparação para foto em sala de aula da escola

Foto: Laette Neto

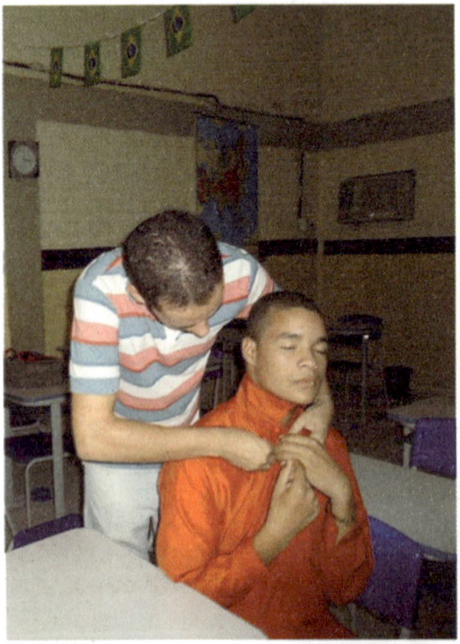

Foto: Arquivo Pessoal.

Foto: Arquivo Pessoal.

Foto: Arquivo Pessoal.

Sequência didática: como colocar em prática o Etnias do Mundo em sua sala de aula?

O projeto **Eu Sou uma Obra de Arte: Etnias do Mundo** foi considerado pelo MEC como o melhor projeto pedagógico do Ensino Médio do Brasil no ano de 2014 por conta de seu baixo custo e por seu fácil diálogo com outras disciplinas, podendo ser facilmente replicado em qualquer seguimento de ensino básico ou superior.

Por onde começar?

É importante ter em mente que cada escola, cada sala de aula tem seu ritmo e especificidades próprias de cada região do país, o que potencializa e deixa ainda mais dinâmica essa metodologia.

Pergunte a seus alunos se eles sabem o que é etnia, raça e como eles próprios se classificam.

Se sua turma for do Fundamental II ou Ensino Médio, indague-os sobre como eles marcariam o questionário sociocultural do ENEM. Forme um pequeno grupo para colher essa informação de todos os alunos da escola e depois monte um gráfico com esses resultados. Isso ajudará a visualizar melhor a distribuição étnico-racial em sua escola.

Nesse momento inicial, peça que cada um anote suas próprias conclusões e, só depois, leve-os a pesquisarem na internet para que se aprofundem mais sobre o tema e tragam para a aula imagens de pessoas dos cinco continentes.

Caso seus alunos sejam menores, sugiro uma lista de 5 livros que abordam essa temática e que valem muito a pena serem lidos com essa turminha. Conversar com as crianças sobre a questão negra no Brasil é tarefa complexa, mas fundamental e passa também por discutir a violência que recai sobre essa população, principalmente, porque afeta em cheio a infância de hoje, então, anote aí:

Além dos clássicos que atravessam os tempos, como "Menina bonita do laço de fita", de Ana Maria Machado, ou o "O menino marrom" , de Ziraldo,- ambos publicados nos anos 80 - temos uma leva de novos autores antenados com essa temática.

I. “A cor de Coraline” (Rocco, 2017)

“Me empresta o lápis cor de pele?”. É essa pergunta que move o livro de Alexandre Rampazo. Mas, afinal, “cor de pele é uma só?”, questiona a personagem. A história também chama a atenção para como o preconceito é socialmente construído e, portanto, apreendido pelas crianças a partir da atitude dos adultos.

II. “Cor de gente, gente de cor” (FTD, 2017)

Nesse livro-imagem, o artista gráfico e escritor Mauricio Negro parte de uma expressão perigosamente naturalizada na sociedade para definir uma pessoa negra: “gente de cor”. A cada virada de página, o leitor se depara com dois personagens: um tem a pele negra, o outro tem a pele de outra cor. Lado a lado, eles vivem momentos de fome, frio, calor, raiva ou alegria.

III. “Zumbi assombra quem?” (Nós, 2017)

O líder quilombola Zumbi dos Palmares se eternizou na história como um símbolo da resistência negra. Mas como ele aparece no imaginário social do brasileiro? Como as crianças o veem? No livro, o menino Candê está muito curioso sobre a africanidade que traz na pele e na alma e faz uma série de descobertas sobre a cultura negra.

IV. “Olhe para mim” (Pulo do Gato, 2015)

O premiado livro dos autores belgas Ed Franck (texto) e Kris Nauwelaerts (ilustrações) é um exemplo de como o preconceito aparece nas relações sociais e é reproduzido pelos pequenos. Na história, o menino africano Kitoko foi adotado pela mãe, que é branca e está grávida. Em seus medos de criança, ele só consegue pensar se a nova irmã vai aceitá-lo por ser diferente dela.

V. “No black power de Tayó” (Peirópolis, 2012)

Tayó é uma menina negra que tem orgulho de sua cabeleira crespa, inventando as mais variadas formas de enfeitá-la. A personagem, criada pela escritora e pesquisadora Kiusam de Oliveira, é a protagonista do livro, que aprende a tomar parte de sua identidade ao responder aos colegas que rotulam seu cabelo de “ruim”. “Vocês estão com dor de cotovelo porque não podem carregar o mundo nos cabelos“, diz a pequena. A história é uma jornada pela autoconfiança, e ajuda meninas e meninos a se empoderarem de seus cachos e valorizar sua beleza natural.

Vale passar em todas as séries o desenho animado "Hair Love"*, o curta de animação vencedor do Oscar 2020. A animação de pouco mais de seis minutos mostra a relação entre pai e filha, e o descobrimento de como a menina pode se aceitar e cuidar de maneira correta dos fios até então considerados rebeldes.

N.R: A animação virou livro publicado aqui no Brasil pela Editora Galera Record.

Para facilitar sua execução, elaborei alguns passos simples e que podem ser realizados em qualquer segmento que você, professor(a), esteja atuando. Vamos lá?!

1- Chame os alunos para fazer com você

Monte com os alunos um grande mapa no chão da sala mesmo - e distribua as fotos de acordo com o país que eles trouxeram. Peça para que eles percebam a diversidade que há no planeta.

2 - Hora do debate

Em círculo, abra o debate e discuta com eles: o que torna essas pessoas tão diferentes? Elas são bonitas ou feias? O que a mídia nos diz a respeito delas? Todas têm o mesmo espaço nas mídias? Alguma raça tem mais destaque que outra? Por quê?

Nesse momento, cabe uma discussão sobre padrão de beleza e mídia.

Peça a ajuda de outras disciplinas (Biologia, Sociologia ou Filosofia) para explicar questões sobre melanina, constituição biológica dos corpos, costumes e culturas diversas, religiões e comportamentos sociais.

3 - Mão na massa

Monte com a turma um grande livro com as fotos que eles trouxeram das raças e etnias do mundo do mundo, ele servirá como base para o passo seguinte!

*Professor, você também pode adquirir o livro "Face a Face – Uma Jornada por Povos do Mundo", do fotógrafo Alejandro Szanto de Toledo – o livro pode ser adquirido em lojas on-line.

4 - Treinando o olhar

Peça que seus alunos procurem identificar na própria turma alguém que tenha características semelhantes com as imagens que eles trouxeram.

Lembre-se de acrescentar outras etnias que você e seus alunos identificaram em sua escola. Quer inovar mais ainda neste projeto? Que tal convidar alguns pais para tirarem fotos junto com seus filhos? Além de estreitar os laços entre escola e família, você também terá oportunidade de conhecer melhor a realidade desses alunos, eles se sentirão super valorizados!

5 - Produzindo texto

Para cada aluno(a) no qual forem identificados traços semelhantes de uma etnia diferente numa sala de aula, peça que o restante da turma se divida em pequenos grupos para escrever um texto sobre curiosidades daquele país. Esse é um bom momento para aprofundar e trabalhar gêneros textuais, por exemplo, um artigo de opinião, entrevista, cordel, poema, paródia...

Nesse momento, também vale confeccionar um mapa com a localização geográfica e a bandeira do país representado.

> A BNCC fala na promoção da interdisciplinaridade e na elaboração dos currículos sob uma perspectiva interdisciplinar, ela deve permear os currículos e os projetos pedagógicos das escolas, então não deixe de convidar os professores de Língua Portuguesa e de Geografia para auxiliar os meninos nessa tarefa. O conhecimento se tornará muito mais fecundo se estiver associado a várias disciplinas.

6- Hora de fotografar

Agora chegou o momento que os alunos mais gostam, tirar as fotos! Mas, antes, é bom pensar em quais materiais serão necessários para que a fotografia fique realmente bem convincente!

Alguns materiais básicos:

a. Foto de boa qualidade do livro ou da internet que servirá de base para seu aluno-modelo;

b. Máquina fotográfica. Você pode convidar algum fotógrafo da cidade para fazer este trabalho. Envolver a comunidade nesse processo é super importante para estreitar laços com o entorno escolar;

c. Não se esqueça de caprichar no figurino! Não é preciso gastar rios de dinheiro com as roupas e adereços que os alunos utilizarão nas fotos. Uma boa saída é trabalhar com as parcerias. Vá em busca de lojas de roupas, de bijuterias e peça-lhes por empréstimo dessas peças, em contrapartida, divulgue e faça a propaganda dessas lojas no dia da culminância do projeto;

d. Para maquiagem, utilize-se do mesmo artifício – convidar os pais da comunidade. É uma grande oportunidade de dar visibilidade àquela mãe cabelereira, ou a uma ex-aluna, que tenha habilidade em maquiar, ter espaço de mostrar seu trabalho;

e. Se as fotos forem realizadas em ambiente externo, vale dar uma pesquisada em espaços de sua cidade que se assemelhem com o país que você quer retratar. Por exemplo, se forem povos indígenas, procure por espaços mais arborizados (matas, parques) para dar mais realismo às fotos; se for preciso um cenário mais específico, uma construção antiga, por exemplo, busque algum lugar de sua cidade ou redondeza que dê esse sentimento. Exemplo: as ruínas de Cuzco no Peru podem ser substituídas por um muro de pedras aparentes, dará o mesmo efeito.

f. Não se esqueça de ir registrando os bastidores de tudo. Delegue a algum aluno essa tarefa. Esse *making of* será muito útil depois caso você queira escrever esse projeto em algum prêmio ou congresso.

> Sempre que for preciso viajar com aluno para fotografar, não se esqueça de pedir uma autorização por escrito dos pais ou responsáveis. Também não deixe de convidá-los, caso possam, para acompanhar esse trabalho.
>
> Como nem sempre a escola dispõe de dinheiro para bancar as despesas de uma viagem, uma ideia é cotizar o valor do combustível entre os próprios professores e com a gestão escolar, afinal o trabalho é da instituição!

7 - Escolhendo as fotos

É de suma importância sempre ir perguntando a opinião do aluno que está sendo fotografado, perguntar se ele está gostando do resultado. A cada foto tirada, consulte sempre o aluno, afinal a intenção do projeto é valorizar e elevar a autoestima do fotografado!

8 - Impressão das fotografias

Sempre salve cada foto em alta resolução, isso ajudará a ter uma melhor qualidade na hora de imprimir as fotos. Como a ideia é utilizá-las em uma exposição, o ideal é que elas sejam impressas em tamanho grande (A3), isso dará um destaque que seu trabalho merece!

9- Montando a exposição

Antes de mais nada, verifique se você não está esquecendo-se de nenhum dos quatro passos propostos no infográfico da página 52 deste livro. Essa revisão é muito importante para ajustar e replanejar algumas estratégias de ensino, pois percalços fazem parte do processo pedagógico.

Confira se todo o material está pronto: as fotos de referência, as fotos dos alunos caracterizados, o texto produzido pela turma e o mapa com a localização exata do país juntamente com sua bandeira. Esse é o material essencial, porém os detalhes fazem toda a diferença, por isso capriche na hora de expor!

10 - Local para o evento

Escolher um espaço adequado para fazer sua exposição fotográfica é de suma importância. Leve em consideração que, possivelmente, receberá a visita de alunos, pais e toda a comunidade escolar, por isso um ambiente largo e arejado é indispensável.

Outra questão é o layout da exposição, ou seja, como estarão dispostas as fotos no ambiente. Leve em consideração que sua exposição poderá ser visitada por crianças e adultos, então lembre-se de colocar as imagens em uma altura que seja acessível a todos.

Os textos produzidos pelos alunos, bem como o nome do país e qualquer outra coisa escrita, devem estar numa fonte e num tamanho legível para qualquer pessoa.

Não se esqueça de confeccionar os convites para os pais dos alunos e para as outras escolas de sua cidade virem conferir seu trabalho. Também peça que seus alunos façam a divulgação em suas redes sociais, garanto que terá um grande público no dia do evento!

> Você pode ver como eu organizei o espaço de uma biblioteca para sua exposição no capítulo **Projeto Etnias do Mundo: relatando minha experiência**.

11 - Publique e compartilhe

Não se esqueça de que um bom trabalho não deve ficar apenas dentro das quatro paredes de sua escola. Compartilhe nas redes sociais e no WhatsApp dos pais de seus alunos. Toda a comunidade escolar deve saber o que você vem realizando, isso atrairá mais pais à escola e fará com que ela fique bem vista por toda a cidade. Lembre-se de que a propaganda é a alma do negócio! Então, compartilhe. Outros professores de todo o país podem se inspirar em seu trabalho.

> Se você não sabe bem por onde começar a divulgação, peça ajuda de seus alunos para criarem um blog ou algo parecido; esse espaço virtual será de suma importância para difundir suas práticas para todo o país.

12- Avaliar para avançar

Nenhum trabalho está 100% pronto e acabado ou livre de imperfeições e melhorias. É importante ter em mente que ele deve sempre ser revisto e, principalmente, analisar seus resultados. Convide, mais uma vez, os alunos para debaterem quais pontos eles acharam que foram mais importantes durante todo o processo. Pergunte também o que eles acham que ficou faltando ou foi pouco absorvido.

Dê espaços de fala para eles e vá anotando tudo. Esse é um bom momento para avaliar outras competências que não ficaram tão claras no projeto, por exemplo, a capacidade de trabalhar em grupo: como os alunos se mobilizaram? Houve respeito a opiniões contrárias às suas? Você pôde observar uma mudança comportamental nas turmas? O respeito à diversidade e a tolerância foram alcançados? Essas e outras indagações são sempre pertinentes nesse momento avaliativo.

Caso o projeto tenha continuidade, não se esqueça de rever essas anotações para melhorá-lo nas turmas do ano que vem.

E aí, tá esperando o quê para começar a inovar em sala de aula? Lembre-se de que, se formos esperar o melhor dia para dar a melhor aula, esse dia nunca chegará. Então, vá lá e faça acontecer!

Considerações finais

"... ouvir dos pais dos meus alunos que eles se sentem mais confiantes e felizes foi o meu maior presente." Jayse Ferreira

O projeto "Etnias do Mundo" foi considerado pelo Ministério da Educação como o melhor projeto pedagógico do Ensino Médio do Brasil justamente por conta de seu baixo custo e por seu fácil diálogo com outras disciplinas além de Artes.

Assim, a escola mostra aos alunos que existem outros espaços entre culturas, promovendo o diálogo entre elas e levando-os a reconhecer o pluralismo cultural brasileiro.

"Eu Sou uma Obra de Arte: Etnias do Mundo" foi muito além do que esperávamos. Poder observar o aumento da autoestima dos alunos que estavam à margem dos padrões de beleza, vê-los se sentirem valorizados e tendo orgulho de suas raízes étnico-raciais, foi o meu maior presente.

Ouvir dos pais desses alunos o relato de que seus filhos se sentiram mais confiantes e felizes quanto à sua cor e aparência foi muito gratificante.

Os diários de classe também comprovaram uma melhoria considerável no que diz respeito à frequência desses educandos. Enfim, são muito pontos positivos que o projeto trouxe para a nossa escola, tanto é que ele já faz parte do calendário letivo, trazendo um novo olhar sobre o currículo monocultural até hoje divulgado.

Por fim, acredito que o projeto, apesar do sucesso que foi, ainda pode ser melhorado, pois inserir ainda mais alunos nesse processo criativo é uma de nossas metas. Além disso, pretendemos trazer, cada vez mais, os pais à escola com esses projetos fotográficos, visto que a fotografia é um meio de resgatar a união familiar, uma vez que eterniza o momento. E este será o nosso próximo desafio, fotografar o educando inserido no seio familiar, estimulando ainda mais a presença da família na escola.

Ah, não esqueça de me marcar nas redes sociais quando você executar esse projeto na sua escola, ficarei super feliz de conhecer seu trabalho!

Um grande abraço e sucesso!

www.jayseferreira.com.br

Instagram: @jayseferreira

QR code para acessar mais detalhes sobre o projeto.

Depoimentos dos alunos

Bárbara Priscila - Alemanha

Para mim, foi um grande prazer ter participado e fico ainda mais feliz em ver os frutos desse sonho, primeiro plantado no coração de Deus e, depois, no do Professor Jayse, que confiou em cada um de nós. Por meio dele, pude melhorar minha autoestima e também vendo seus frutos me permite sonhar e crer que é possível sim um sonho se tornar realidade. Basta apenas acreditarmos nele e correr atrás, eu acredito que esse é o caminho para sermos bons cidadãos.

Júlia Emelly - Brasil

O "Etnias do Mundo" foi um divisor de águas na minha vida, pois ao ter participado do projeto, comecei a entender o quanto a minha e as outras etnias têm a sua importância. Até hoje, o projeto tem me influenciado. Entender e valorizar as minhas origens indígenas, para mim, foi e é essencial.

Ysamara Pereira - China

O projeto "Etnias do Mundo" reforçou o que já era observado pelo meu professor: somos muito mais do que alunos, somos seres humanos únicos e de muito valor! O projeto serviu de ponte que levou algo positivo ao próximo, e isso fez toda diferença! Obrigada, professor, por semear isso na minha vida e na dos meus colegas.

Josivaldo da Silva - Etiópia

Quando o professor Jayse me convidou, fiquei muito envergonhado e com medo de alguém me ver e rir da minha aparência, porque tinha um problema dentário e alguém poderia me chamar de vampiro e fazer *bullying* comigo. Mas o senhor me mostrou que podemos sorrir, podemos vencer qualquer coisa na vida quando aprendemos a confiar mais em nós mesmos. Graças ao projeto e aos seus conselhos sobre o modo de nos vermos, me motivei e percebi que estética não é tudo na vida, e sim nosso potencial, nossas atitudes. O projeto me mostrou que somos capazes de vencer qualquer preconceito, qualquer sofrimento que estivermos passando e que, mesmo não tendo muito, podemos construir uma vida com o pouco que temos e sorrir e sermos feliz da forma que somos.

Ana Paula Mendes – índia americana Gallup

Este projeto foi muito importante no meu desenvolvimento como pessoa, no diálogo do dia a dia com o próximo e na procura de conhecimentos sobre minha etnia, porque, até então, eu não sabia da existência do povo Gallup e isso fez com que eu ficasse curiosa sobre o assunto. A partir dessa curiosidade, fui aprendendo como buscar, em livros e em sites, a história sobre o povoado. O projeto ampliou os horizontes do conhecimento. Uma frase que o professor Jayse sempre dizia que nunca esqueci e levo comigo pra vida: "a educação não transforma o mundo, a educação muda as pessoas e as pessoas transformam o mundo".

Maria Eduarda – Guatemala

Foi uma experiência incrível participar deste projeto, fotografar sobre a Guatemala fiquei muito feliz e surpresa quando o professor Jayse Ferreira me convidou para participar, ele me fez ver que minhas características vinham de outros países! Tenho uma admiração enorme por ele, uma pessoa que merece as grandes coisas que estão acontecendo em sua vida e torço muito por ele e que venham mais e mais projetos.

Alice Albuquerque – Havaí

O projeto "Etnias do Mundo" foi uma experiência incrível, com a qual, além de participar, podemos vivenciar e aprender sobre outras culturas. A importância de entender e compreender todas essas culturas nos faz pessoas melhores nessa sociedade em que vivemos, pessoas diferenciadas, que em qualquer situação de repúdio contra elas, primeiramente, precisamos ter empatia, no lugar do próximo.

Josélia Albuquerque – Havaí

Foi um projeto bastante inesquecível. Mediante às diferenças das etnias de cada país, com esse projeto tivemos a possibilidade de conhecer de perto cada cultura ali apresentada. Ele veio *pra* somar, mesmo com as dificuldades de conseguir concluir o projeto, de conseguir roupas, cenários, conseguimos concluir com sucesso. E uma das principais lições que guardei para vida por meio do "Etnias do Mundo" foi: independente da dificuldade, nunca desista dos seus objetivos, pois por mais difícil que seja, conseguimos vencer e ganhar o mundo com os nossos esforços. Nosso trabalho foi um exemplo vivo disso!

Bruno Nascimento – Havaí

Fazer parte deste projeto foi muito importante para mim! Aprendi muito sobre coisas que não pensava em aprender; quando fui convidado, estudei sobre o Havaí, seus costumes, suas tradições, sua cultura. Aprendi que ser diferente não te torna inferior. Te torna único. Este trabalho fez despertar minha vontade de ampliar meus conhecimentos, "Etnias do Mundo" foi e é um projeto lindo, que jamais esquecerei!

Daniele da Silva - Índia

Participar desse projeto, *pra* mim, foi uma grande experiência, pois concretizou momentos reflexíveis e de muito aprendizado. Agradeço ao professor Jayse Ferreira por ter me dado essa grande oportunidade, na qual representei uma mulher indiana e pude conhecer muito mais sobre seus costumes.

José Heitor – Israel

Foi extremamente prazeroso participar do projeto "Etnias do Mundo", do professor Jayse Ferreira, pois nos mostra a diversidade de etnias através de fotografias e quebra diversos preconceitos e padrões impostos pela sociedade sobre o que é bonito. Com isso, o projeto traz visibilidade e protagonismo para alunos que se sentem excluídos e diferentes, estimulando-os a se sentirem especiais e descobrirem que a beleza é relativa.

Joanna de Angelis – Itália

Foi uma satisfação enorme ser convidada para fazer parte deste lindo projeto, além da experiência incrível de acompanhar os primeiros passos deste que hoje é um sonho realizado. O ensinamento deixado pelo Professor Jayse é ainda mais belo, por valorizar a nossa diversidade racial e étnica, trazendo uma mensagem de empoderamento pessoal para todos os alunos, sendo, assim, uma alternativa para facilitar a aceitação das nossas diferenças, o que é essencial para a construção de uma qualidade de vida melhor.

Rafaela Luís – Jordânia

Participar do projeto Etnias foi incrível. Até hoje, eu tenho as recordações. Guardo comigo a burca que nós usamos *pra* fazer as fotos, guardei com enorme carinho para nunca me esquecer de que um dia eu fui uma mulher do Oriente Médio. O projeto mostrou para muitas pessoas que somos todos iguais, podemos ser quem quisermos e também serviu para quebrar muitos preconceitos.

Creio que o "Etnias do Mundo" inspirou muitas pessoas, professor. Sucesso pro senhor e obrigada, mais uma vez, pelo convite que mudou minha vida!

Othávio Lucindo – Marrocos

O projeto "Etnias do Mundo" me ensinou a me aceitar e a aceitar os outros como são, não importando a cor da pele ou a região onde vivem. Participar do projeto foi algo mágico, em que tive momentos inesquecíveis ao lado de colegas de classe e professores, momentos esses cheios de aventuras e muito aprendizado.

Maria Heloísa – Namíbia

"Etnias do Mundo" foi o projeto que eu tenho muito orgulho por ter participado, esse projeto me ajudou muito... Ajudou a me aceitar como eu sou.

Albérisson Júnior – Papua Nova Guiné

É incrível como esse projeto me deu uma nova perspectiva da vida, me fez refletir e olhar para as pessoas identificando suas características e enaltecer as diferenças, me fazendo descobrir que nossas características diferentes nos tornam únicos! Um ensinamento que vou levar para o resto da minha vida!

Ana Carla – Peru

Acesse o QR Code ao lado para conferir o depoimento em vídeo da aluna Ana Carla.

Vivian Gabriela – Polo Norte

A experiência de participar desse projeto foi incrível, me trouxe um outro olhar em relação ao mundo. Me fez enxergar a beleza do que é diverso, cada um de nós temos a nossa singularidade e isso é extraordinário.

Maria Vitória Paz – Rússia

Fazer parte do projeto "Etnias do Mundo" foi algo inovador e, ao mesmo tempo, gratificante. Ao estar no primeiro ano do Ensino Médio durante o desenvolvimento do projeto, senti que o envolvimento com essa temática ampliou a visão que eu tinha em relação à variação cultural na qual estamos inseridos e envolvidos como um todo, principalmente por vivermos em um país tão rico em diversidade como o Brasil.

Jéssica Betânia - Tailândia

Primeiramente, agradecer ao mestre Jayse Ferreira e demostrar minha profunda gratidão por ter sido convidada para participar desse projeto tão importante. Adorei ter representado uma jovem tailandesa que, culturalmente, são mulheres fortes.

Jorge Luis - Tibet

Uma junção de fatores faz com que eu sinta um enorme orgulho em participar do projeto "Etnias do Mundo". Foi de muita valia para mim, não só na questão social de não querer se identificar com a minha própria cor, mas também com a minha capacidade de lidar com as pessoas, que aumentou após esse projeto. Lembro-me de que tinha muita dificuldade em apresentações de seminários, por exemplo, e após passar por sessões de fotos e gravações e aceitar raspar o cabelo para representar melhor a etnia, pude perceber uma melhora significativa nas minhas apresentações e trago isso comigo até hoje.

Agradecimentos

A Deus, pela sabedoria e por guiar meus passos nessa linda e desafiadora jornada que é ser professor de escola pública; a minha amada esposa Anie Gabrielle e meu filho Benício, pelo companheirismo e apoio de sempre; aos meus pais Toinho da bicicleta e a Dona Zinha, pela oportunidade que deram a mim e ao meu irmão de estudar; aos professores que tive em minha jornada estudantil, em especial a minha primeira professora Maria Dóia Pacheco pelo amor e cuidado com que me acolheu; a toda comunidade escolar, que abraçou o projeto com tanto carinho; ao fotógrafo Laette Neto e sua equipe, que realizaram seu trabalho majestosamente bem; a cada comerciante que adotou esse projeto emprestando seu objetos, roupas e demais utensílios; aos meus colegas professores da Escola de Referência Frei Orlando, pelo apoio incondicional que sempre deram a mim e ao meu trabalho, sem vocês eu não poderia estar aqui hoje, contando essa história de sucesso.

Mas, o agradecimento mais especial que eu dedico vai para meus amados alunos e alunas, que acreditaram e se doaram nessa empreitada ousada de um professor de Artes Visuais que os chamou a repensarem sobre suas origens, sua cor de pele, seus tipos de cabelos e, principalmente, a questionar os padrões de beleza a nós impostos. A vocês, meus alunos, o meu muito obrigado não só por terem aceitado participar do projeto "Eu Sou um Obra de Arte: Etnias do Mundo", mas sim por me deixarem entrar nas suas vidas, transformando-me assim no professor que sou hoje.

Biografia Alejandro Szanto de Toledo

Filho de pai húngaro e mãe espanhola, Alex nasceu em Tanger, no Marrocos, e emigrou para o Brasil aos 14 anos de idade. Estudou no Liceu Pasteur em São Paulo até concluir o Ensino Médio.

Em 1963, prestou vestibular para os cursos de Física e de Engenharia Eletrônica na Universidade de São Paulo (USP) e iniciou as atividades de pesquisa em 1964 como bolsista do Laboratório Van de Graaf, do então Departamento de Física da Faculdade de Filosofia, Ciências e Letras.

Por três anos, conciliou os estudos de ambos os cursos, até que abriu mão da faculdade de Engenharia para se dedicar à pesquisa em Física Nuclear.

É o Autor de "Face a Face", obra que inspirou este livro.

Bibliografia

AZEVEDO, T. de. 1996 [1953] As elites de cor numa cidade brasileira. Um estudo de ascensão social & classes sociais e grupos de prestígio, Salvador, EDUFBA.

BRASIL. Parâmetros Curriculares Nacionais (PCNS). Linguagens, códigos e suas tecnologias. Ensino Médio. 2000. Disponível em http://portal.mec.gov.br/seb/arquivos/pdf/14_24.pdf. Acesso em 18 set. 2014.

BRASIL. Lei de Diretrizes e Bases da Educação Nacional. Lei 9.394, de 20 de dezembro de 1996. Brasília: senado federal, Subsecretaria de Edições Técnicas, 2002.

BRASIL. Diretrizes Curriculares Nacionais para o Ensino Médio, Resolução CEB nº 3 de 26 de junho de 1998.

BRASIL. Ministério da Educação. Diretrizes Curriculares Nacionais para a Educação das Relações Étnico-raciais e para o Ensino de História e Cultura Afro-brasileira e Africanas. Brasília: Secad/MEC, 2004.

CASHMORE, Ellis. Dicionário de relações étnicas e raciais. Ellis Cashmore com Michael Banton...[et al.]; tradução: Dinah Klevej. São Paulo: Summus, 2000.

DAMATTA, R. 1990 "Digressão: a fábula das três raças, ou o problema do racismo à brasileira", In.: Relativizando, uma introdução à antropologia social, Rio de Janeiro, Rocco.

FERNANDES, F. 1965 A integração do negro na sociedade de classes, São Paulo, Cia Editora Nacional.

FREYRE, G. 1933 Casa grande e senzala, Rio de Janeiro, Schmidt Editor. 1936 Sobrados e mucambos, Rio de Janeiro, Editora Nacional.

GUIMARÃES, A. S. A. 2002 Classes, raças e democracia, São Paulo, Editora 34.

HASENBALG, C. & SILVA, N. V. 1988 Estrutura social, mobilidade e raça, Rio de Janeiro, Vértice/IUPERJ. 1992 Relações raciais no Brasil contemporâneo, Rio de Janeiro, Rio Fundo.

IANNI, O. 1972 Raças e classes sociais no Brasil, Rio de Janeiro, Civilização Brasileira. 1978 "Escravidão e racismo", in IANNI, O. Escravidão e racismo, São Paulo, Hucitec.

MUNANGA, Kabengele. Rediscutindo a Mestiçagem no Brasil: Identidade Nacional Versus Identidade Negra. Petrópolis: Ed. Vozes, 1999.

TOLEDO, Alejandro Szanto de. Face a face: uma jornada por povos do mundo. São Paulo: Ed do autor, 2012.

RAMOS, A. G. 1954 "O problema do negro na sociedade brasileira", in Cartilha brasileira do aprendiz de sociólogo, Rio de Janeiro, Andes.

SCHWARCZ, L. M. 1993 O espetáculo das raças; cientistas, instituições e questões raciais no Brasil (1870-1930), São Paulo, Companhia das Letras.

Prêmio Professores do Brasil: práticas para a sala de aula selecionadas entre projetos finalistas das 10 edições da premiação. - São Paulo: Fundação Santillana, 2017.

Fonte imagens

Polo Norte: https://br.pinterest.com/pin/766597167794680214/

Brasil: https://pt.m.wikipedia.org/wiki/Ficheiro:Índio_pataxó.jpg

Etiópia: https://www.itchy-feet.com/hidden-tribes-of-ethiopia-part-ii/

Peru: https://elinformadorusa.com/las-mamas-movemos-montanas/

Rússia: https://www.pinterest.ch/pin/775745104551173824/

Escócia: https://tudorbrasil.files.wordpress.com/2013/09/elizabethd.jpg

Alemanha: https://www.pinterest.cl/pin/632192866422549869/

Itália: https://letteris.com.br/rainha-e-princesas-da-festa-da-uva-abrem-oficialmente-a-colheita-em-caxias-do-sul/

Havaí: https://br.pinterest.com/pin/407294360045892346/

Papel de miolo offset 90g/m²
Papel de capa Cartão C2 250g/m²
Impressão Gráfica Santa Marta